大人恋　恋におちた妻たち

真野朋子

幻冬舎文庫

大人恋　恋におちた妻たち

otona koi

大人恋　恋におちた妻たち

contents

otona koi

第一章　腹いせの浮気にはしたくないのです

トピック「問題発生！　どうしたらいいの……」
トピ主　のぞみ

みんな聞いて！

ああもう、すごくショックで今夜はまだ晩ご飯も食べてない。

当分立ち直れないかもしれない、私。

三カ月も前から苦労して予定を合わせ、いっしょに泊まれる時間を作って段取りした彼との京都旅行。ものすごく楽しみにしていたのに、キャンセルになりそう！

なりそう、じゃなくてキャンセルしなくちゃならないの。

旅館は私が予約したから、キャンセルするのも私なんだけど、まだ電話かけられないでいる。踏ん切りがつかないっていうか。

万にひとつも可能性が残ってないか、あれこれ考えてみたり……。

一体どうしてキャンセルになったかというと、理由は私の方にあるんです。実家の父が、心臓の手術を受けることになって、その日と旅行がぴったり重なっちゃった。あー、何て運が悪いんだろう。

せめて一日でもずれてくれたらよかったのに。

彼、奥さんにばれないようにとっても苦労して、出張と絡めて何とか一日だけ私のために日にちを空けてくれたの。私だって休暇取るのにそれなりに工作したり、夫を騙《だま》したり（まあ、それはどうでもいいんだけど）大変なんだけど。

あ、みんな心配するだろうから言っておくけど、心臓の手術といっても父の具合はそれほど重篤というわけではないの。危険は少ない手術だけど、でも万が一のために家族はみんな集まって手術中はずっと病院にいるつもり。実家の近くの病院だから、数日泊まるかもしれないけど。

旦那の方は、私が何日も家を空けたら密かに喜ぶだろうけど、堂々とオンナのところに行かれるのもシャクなので、泊まる予定があることはぎりぎりまで隠すつもり。家にオンナを連れこまれても不快だしね。

よくドラマとかであるでしょ。予定を急に変更して早く帰ってみたら、旦那が家に愛人を連れてきていて鉢合わせしたって。そんなの最悪。

ああ、それより旅行よ。秋の京都、しかもなかなか予約が取れない人気の旅館を無理して取ったっていうのに。キャンセルだなんて悲しすぎる。

それとも……やっぱり、悪いことはできないってことかしら。でも、うちの場合は旦那も浮気しているんだし、私だけが清く正しく生きなくても、なんて思うんだけど。

ぐずぐずしているとキャンセル料がかかってくるから、二、三日中に電話しなくちゃならないんだけど、あ——、本当に本当に残念無念！

すいません、愚痴でした。

コメント1　マヤ

まず最初に、お父さんの手術がうまくいきますように……。

京都旅行のこと……そうかー、それは残念だったね。希美《のぞみ》は旅行にかなりリキ入れてたもんね。服から下着まで新調したんじゃなかったっけ。彼と初めての旅行なんだから、当然だけど。

でもこの際、仕方ないと思う。お父さんには早く元気になってもらいたいでしょ？

せめて旦那絡みの理由じゃなくてよかったじゃない。

もしも旦那の方の親の手術だったらもっと腹がたってたと思うよ。

私なんか、姑が倒れたっていうので楽しみにしていたコンサートをキャンセルして、夫婦で病院に駆けつけたのに、翌日にはもうけろっとしていて……んもう、飛行機代とチケット代も弁償してよ――って言いたかった（笑）。

旅館は、キャンセル料が発生しないうちに、予約取り消しておいた方がいい。

きっとまたいつか旅行のチャンス、あるって。

それより希美、彼とのこと、だいぶ真剣みたいだね。

旦那への当てつけの浮気だからそんなに深入りしないつもりって、最初の頃は言ってたのに、どんどん深みにはまっているように見えるけど。

もちろん私は忠告できる立場じゃないから、偉そうなことは言えないんだけどね。どうなのかなあって。このままだと本格的な不倫関係に発展していきそうな気配。

もしも踏ん切りをつけるつもりなら、今回の旅行キャンセルはひとつのきっかけになると思うけど……でもぜんぜんそんな感じじゃないか。ますます盛り上がっていく予感なのかな？

コメント2　アリ

あらら、キャンセルになっちゃったんですか。

希美さん、それは残念。私も以前、彼との旅行をドタキャンされたことあるからつらい気持ち、すごーくよくわかる。私はまだ独身の時だったけど彼には奥さんがいて、奥さんの方の事情で急に行けなくなったんです。とっても悔しかった。

だって私、友達が懸賞で当たった「ペアで行くオーストラリア旅行」、せっかく誘ってくれたのに、彼との旅行を優先して断ったんですよ。ぎりぎりになってキャンセルされても、友達はもうとっくに別の人と行くことに決めていたから、今さらって感じだし。本当についてない、と思いましたね。隠れてこそ旅行なんか計画したからバチが当たったのかしら、なんてことまで考えちゃった。

しばらくしてから仕切直して再度出かけたけど、なんか思ったほど盛り上がらなくて、結局そのあと別れました。

どうでもいい話ですね。希美さんのケースはまた違うと思います。

もう一度、うまく予定を合わせて旅行できるといいですね。

何か「埋め合わせ」みたいなものを考えてみたらどうでしょう。お泊まりが無理でも、何か楽しいこと計画してみては？

だけど、希美さんがせっかく苦労して取った人気のお宿、だれか代わりに行ける人、いないのかしら。

でも、急だから無理かな。不倫旅行はいろいろ段取りが大変だものね。

でも、急だからこそ思いきって行ける、ということもあるでしょ。だれか代わりに行けたら、希美さんの苦労が無駄にならずにすむのにね。

ああ、それから、お父さまのこと心配ですね。でもきっとうまくいくと思います。

コメント3　ちな

希美、がっかりする気持ちはよくわかるけど、旅行のチャンスはまたあると思うので、気を取り直して元気出してください。

もしも旅行の日程が多少ずれていたとしても、お父さんのことが気がかりなまま行っても楽しめないでしょうし。

そりゃあ、私だって、彼との旅行が実現できたら、それこそ天にも昇る気持ちだと思うけどね。独身同士とちがって、不倫の関係で旅行に出るのってすごくハードル高いし、段取りとかもすごく大変そう……だからこそ期待も大きいでしょうね。

希美、すごくうきうきしていたから正直、うらやましかった。帰ってきたら、詳細に報告してもらおうと思っていたのよ（笑）。

あー、できることなら私が代わりに彼と京都へ行きたい！　私は情報に疎いので詳しくないけど、なかなか予約が取れないほどの人気の旅館なんでしょ。いいなあ、秋の京都、彼と二人きりで旅行なんて……。

記念すべき、初のお泊まりがこんな旅だったらどんなに素敵かしらって、想像するだけでどきどきしてくる。

思いきって彼を誘ってみようか、なんてちらっと思ったのよ、実は。友達がキャンセルするから、代わりにどう？　て。でもね、考えただけで心臓ばくばくで、とても言い出せそうもないの。

だって私たち、思い合ってはいても「まだ」だし……お互いもう一歩が踏み出せないでいる。四十のおばさんが笑っちゃうよね。

お父さんのこと、驚きました。だってジョギングが趣味で、毎日走っているって希美から聞いていたから。お母さんも心配しているでしょうから、しっかり支えてあげてくださいね。

コメント４　のぞみ

みんなレス、ありがとう。

やっと少しすっきり、というか諦《あきら》めがついた感じです。

こうやって吐き出す場があって、みんなに愚痴を聞いてもらえるから何とかやっていけるけど、だれにも話せずひとりで悶々《もんもん》としていること想像するとぞっとします。

旦那に当たり散らすとか、どこかでやけ酒でも飲むとか……イヤですね（笑）。不倫の恋愛って何かとストレス多いし、だれかに聞いてもらわないと身が持たない気がします。

＞＞マヤ
そうね、どんどん深みにはまっていく気がしてる……。

そもそもこの旅行を計画した時から、この彼とは続きそうだなって思ってた。

最初は、浮気している旦那への当てつけみたいな感じで始めた関係だったけど、今ではもう、完全に彼と会うことが私の生活の中心になってる。

だからこそ、キャンセルのショックは大きかった。あ——。

また繰り返しちゃった。もうぼやかない！

＞＞アリ
アリちゃんも同じような経験あるんだ。懸賞旅行をパスしてまで待っていた旅行だったのに残念だったね。でもまあ、生きていればいろいろあるよね。

代わりに行ってくれる人がいるなら、喜んで権利を譲渡するけど、どうかな。べつに彼といっしょじゃなくても、女友達とか親と行ってもいいんだけどね。今週中に連絡くれたら間に合います。

そうか、埋め合わせね。そんなことまで考えが及ばなかった。うーん、彼は私と違って外泊に関してはけっこう厳しいんだ。でも、泊まりじゃなくても何かできそうだから、父のことが一段落したら考えてみる。

>>ちな

ほんとにもう、苦労して日程を合わせ、準備してきたのですごく落胆しているの。彼の方の事情ならまだ諦めもつくんだけど。

それにしても、千奈津《ちなつ》さんたちのプラトニックな恋愛は、正直うらやましい。よほどお互いが思い合っていないと、もたない関係だと思う。できることならいつまでも純愛を貫いて、映画か小説の中に出てくるような恋愛で私たちをうらやましがらせてください ね。

コメント5　志織《しおり》

みんなのコメ、出そろったみたいなので「卒業生」からも一言（笑）。旅行のキャンセル、さぞがっかりしたことと想像できます。

私もかつて不倫中に、子どもを実家に預けて相手と旅行したことあるのでわかる。一泊だったけど、もう期待の仕方がハンパじゃないっていうか、ほとんど妄想に近い感じだった。実際に出かけるまでは……。

もちろん楽しい思い出にはなったけど、あまりに期待が大きかったので、それほどではなかったというか……。

彼が家のこと気にしているのがわかってしまって、それが少しイヤだったかな。当時彼はまだ携帯を持っていなくて、家に電話するのも公衆電話でね。

ホテルのロビーの隅で、こそこそ電話している姿を見てしまったのね。アリバイ工作とかいろいろしなくちゃならないのはわかるけど、やっぱり見たくはなかった。その瞬間、ちょっとだけ気持ちが引いていくのがわかった。私は百パーセント家庭のことは忘れて来ているのに、彼はやっぱり頭の隅にいつも奥さんや子どものことがチラついているんだなぁって。なんか、白けちゃった。

それと、これは希美には関係ないかもしれないけど……何か問題が起きた時、相手の反応で思いがけず本音がわかる時ってあるのよね。

たとえばの話だけど……旅行をキャンセルしなくちゃならないと聞いた時、相手がほんの少しでもほっとしたというか、そんなに落胆していないことがわかったりして。

本当は重荷になっていたことがバレちゃった、なんて。希美の彼のことじゃないから気にしないでね。

お父さんのこと大切に。十分に親孝行してあげてください。


希美は志織のコメントを読んだあと、レスを書く前に一旦パソコンの前から離れた。

最近は帰宅するとすぐパソコンを立ち上げて、ソーシャルネットサービス（ＳＮＳ）のウェビィにログインするのが日課だ。携帯でもできるが、内容が内容なので家に帰って人目を気にせずに読んだり書いたりしたい。

そこへ行けば友人たちと会話ができて、うれしいことも悲しいことも、どんな愚痴でも聞いてもらえるのだ。お互いの悩みを告白し合ったりして、夜中までやりとりしていることもある。今の希美にとって、ウェビィはなくてはならないストレス発散の場だ。

風邪ぎみなのか喉《のど》が少し痛むので、ショウガと蜂蜜を入れた温かい紅茶を作ろうとキッチンへ向かった。

午後十一時をとっくに回っているが、夫はまだ帰宅していない。シンとしたキッチンにはひんやりとした空気が流れている。希美がこのシステムキッチンをフルに使って料理するのは日曜日ぐらいだ。

料理は決して嫌いではないが、平日は夫の帰りが遅く、自分も仕事で疲れているので外食したり、買ってきたものですませたり、調理してもごく簡単なものしか作らない。主婦の砦《とりで》であるキッチンがどこかよそよそしく感じられるのは、あまり使いこんでいないからかもしれない。

かつて新婚の頃は、土日ともなれば凝った料理に挑戦し、夫が美味《おい》しいと褒めてくれるのがうれしくて、せっせと作ったものだ。油がはねたり粉類が飛んだりしてレンジやシンクが汚れるのも構わず、調理器具や鍋や皿もたくさん使ったので洗い物が大変だった。

夫は進んで後かたづけをしてくれたし、スーパーへの買い物も付き合ってくれた。テーブルセッティングに凝ったり、時にはキャンドルを灯《とも》したりしてムード作りも趣向を凝らし、二人の時間を大切にした。夫婦そろっての外出も楽しいが、どちらかというと休日は家でゆっくり過ごしたいという傾向は一致していた。

子どもなどまだ先でいい、だれにも邪魔されない二人だけの時間をもっともっと満喫したかった。本当に仲の良い幸せな夫婦だったのだ。

希美は、広々と感じるテーブルの前にひとり座り熱い紅茶を飲んでいた。ほんの数年前のことなのに、遠い昔の思い出のように懐かしく感じられる新婚時代。それが永遠に続くとは思っていなかったが、自分たちにはどうにも避けられない状況の変化や予想もしていなかった出来事が次々に振りかかってきたのだ。

希美と夫は同じ職場で出会い、ごく自然に付き合い始めて順調にコマを進めてゴールインした。だれもその結婚に反対する者はいなかったし、何ひとつ障害もなかった。希美は自分から退職して別の会社に変わって共働きしていた。子どもができても仕事が続けやすい環境の職場に移ったのだ。二十八歳で結婚した希美は、二、三年夫婦だけの時間を楽しんだ後、子作りを始めればいいかなと漠然と考えていたのだ。

しかし結婚して三年目、夫が勤めていた会社が倒産した。計画的な倒産のようだったが社員には何も知らされず、夫は十五年間勤めてきた会社を突然失うことになった。幸い夫婦そろって失業という事態は避けられたが、しばらくは茫然《ぼうぜん》自失だった夫も就職活動に奔走した。購入したばかりのマンションのローンもあったし、責任感が強く生真面目な性格の夫は失業してぶらぶらしていることが耐えられなかったのだ。

再就職先はなかなか条件に合う会社が見つからなかったが、何カ月も失業状態でいることを避けたい夫は、畑違いの職種でも採用通知が来た会社に決めてしまった。給料は、七歳年下の希美とあまり変わらないぐらいに減額したので、不足分を補うためといって、知人が立ち上げたばかりの会社を手伝うため土曜日も仕事に行った。そこまでしなくてもと希美は止めたが、生活のレベルは落としたくないと、夫は進んで出かけて行った。

慣れない職場でストレスもたまり、肉体的にも疲れていたのか次第に夫は帰宅しても無口になり、たまの休日も寝てばかりいるようになった。希美は寂しかったが、これも一時のことと我慢して、なるべく当たり障りのないように夫と接し努力してきたつもりだ。

夫に「女」がいるかもしれない、と疑い始めたのは再就職してから一年あまり過ぎた頃だった。ふとしたことから、知人の会社にはもう行っていないことがわかったのだ。手伝っていたのは最初の数カ月でとっくに来ていないとのことだった。それでは毎週土曜日に決まって出かけて何をしているのか……希美は夫に問いただす前に自分で探ってみた。

クレジットカードの明細をこっそり見て愕然《がくぜん》とした。知らない店の名と思われる固有名詞は全部ネットで調べてみた。希美が行ったこともないレストランやセレクトショップ、そしてホテルの名も出てきた。そんな場所を夫がひとりで使うはずはないのだ。さらに、今まで一度も見たことがない給与明細も探し出してみた。共働きの二人は、お互い給料の中から毎月決まった金額を出し合って生活費に充《あ》てている。だから希美は、夫が手取りでいくらの給料をもらっているのか正確には知らなかったのだ。

夫は、物をきちんと整理してしまっているので、給与明細は割合簡単に見つけられた。確かに最初の三カ月は聞いていた通りの低い金額だったが、それ以降はぐっと上がっていたしボーナスも多少は支給されていた。今度の会社は、希美が聞かされていたほど待遇は悪くなかったのだ。

どうやら浮かした金額を遊興費として使っていたようだ。浮気するにも金がかかるのだろう。何も知らない希美は以前より夫からもらう生活費が少なくなったのでできるかぎり倹約を心がけ、夫に負担をかけさせないため昼食に弁当まで持たせていたというのに。

全く知らない事実が次々に明らかになり、あまりのショックでしばらく椅子から立ち上がれないほどだった。しかし希美は怒りがこみ上げれば上がるほど、逆に冷静になっていった。

よくもここまでやってくれたものだ……だが、今下手《へた》に騒ぎたてても女とは別れないどころか、二人の関係はますます深まってしまうかもしれない。障害があるほど恋愛は盛り上がるということぐらい希美も承知している。

かといって全く知らんぷりもできないので、じっくりと作戦を練ることにした。気づいていないふりをするのは簡単だった。今まで通りに暮らしていけばいいわけで、その方が波風をたてるより遥かに楽だ。しかし、彼を許したわけでは決してなかった。むしろ彼を憎んだ。

夫はどちらかというと用心深い性分だが、抜けているところもあった。ある時、夫がふとパソコンの前から離れた時、希美はすかさず画面を覗《のぞ》きこんでみた。メールの差出人には不審な人物は見当たらず、おそらく携帯でやりとりしているものと思われた。携帯にはロックがかかっているので簡単に盗み見できない。

パソコンの画面を少しスクロールして見ると、「ご予約確認メール」というものが目に入った。とあるシティホテル内にあるレストランの名前で、ランチを予約した確認のメールだった。二名様、とある。まちがいない。希美はレストランの名前と日付と時間を頭に刻みこんで、その場から離れた。

希美はその日、めったに袖を通さないワンピースをクローゼットの奥から出してきて身につけ、ピアスと揃《そろ》いのネックレスもつけた。普段、セミロングの髪は手間をかけずに後ろでまとめているが、自分でブロウしてムースで形を整えた。仕事に行く時はたいていパンツにローヒール、荷物のたくさん入る大ぶりなバッグというスタイルだった。あまり履かない細いヒールのパンプスに足を滑りこませると、自然に背筋が伸びて姿勢が良くなり、いつでも勝負に出られる気分になってきた。

夫が予約した時間よりも十分ほど遅れてレストランに着くと、連れが先に来ているからとウエイターに断って躊躇《ためら》うことなく店内に入って行った。

二人の姿はすぐに見つかった。窓際の眺めのいい席だった。

「あらー、偶然ね。これからお食事？　私もごいっしょしていいかしら？」

希美は、夫とその連れが向かい合って座っているテーブルにやって来て言った。何度も頭の中で繰り返した台詞《せりふ》がよどみなく出てきたのでほっとした。

四人がけのテーブルの、夫の隣に座った希美を見て、女は最初呆気《あっけ》に取られた様子だった。しかし夫の表情の劇的な変化を素早く読みとり、途端に顔をこわばらせた。

「お前、何で、ここに……」

「だから偶然よ。こちらいっしょにお仕事している方でしょ。ちゃんと紹介してください、あなた」

女は二十代の後半ぐらいで想像していたより地味だった。個人病院の受付などに座っていそうなタイプだな、と思った。

「そんな、急に……」

夫の視線は落ち着きがなく、女とも目を合わせなかった。必死で言い訳を探しているのだろうか。

「いっしょにお食事しましょう、ね」

希美はにっこりと完璧な笑顔を浮かべて女を見た。

「すいません。私、失礼します」

その場の空気に耐えられなくなったのか女は席を立った。長い首にほっそりとした二の腕が印象的だった。椅子の背に掛けていたジャケットをひったくるようにはずすと、バッグをつかんで振り返りもせずに立ち去った。

夫は慌てて追いかけようと中腰になったが、希美は無言で彼を睨《にら》みつけた。たまたまウエイターがやって来たので、彼は席を立つタイミングを完全に逸してしまった。

「あの、お食事の方は、お運びしてよろしいでしょうか？」

ウエイターは初めに夫に質問し、次に希美の方も見た。

「あ、ああ……」

「私が代わりにいただくわ。それでいいでしょ？　それからこのグラス、さげてください。私の飲み物は赤ワインをお願いね」

希美はてきぱきとウエイターに指示して、女がほんの二、三口だけ飲んだと思われる白ワインのグラスをテーブルの隅に押しやった。

夫にとっては拷問のようなランチが始まった。希美にも美味しい食事のはずはなかったが、次々に運ばれてくる創作フランス料理を口にした。六千円のコース料理だったようだ。人が注文した料理を代わりに食べるなどというのは初めてのことだが、こんな時に何を口にしても味など同じだ。

食事を進めながら希美は夫から、女とのことを聞き出した。二人は半年前からの付き合いで、土曜日に行っていた知人の会社で出会い交際を始めたようだった。二十五歳で独身、前の彼氏と別れて傷心だった頃に夫に出会い、悩みごとを相談するうちに深い仲に発展したという。もっと何か、ドラマチックで秘密めいたものがあるにちがいないと想像していたが、世間でよくある浮気話に聞こえていささか拍子抜けだった。

「あなた、ああいう痩《や》せた子がタイプだったとはね。知らなかった」

「タイプなんて、べつに関係ないよ」

夫はデザートに出されたカシスのシャーベットを二口でやめて、スプーンを置いた。

「私以外の女ならだれでもよかったっていうこと？」

「ちがうよ、たまたまなんだ。いろいろと偶然が重なってそうなっただけだし、長く続ける気もないよ。向こうも同じだと思う」

「でも二回や三回じゃないんでしょ」

「それはまあ……何となく、ずるずるとだよ」

「ずるずるしながら六千円のランチか。ずいぶん見栄を張るのね。私は毎日お弁当作ってあげてたのに」

「本当に、悪かったよ……」

夫は初めて謝った。それは呆気ないほど素直で、希美はもっと怒らせてほしいと思ったほどだ。しかしよくぞ逃げ出さずに、この食事を最後まで付き合ってくれたと少しだけ感心した。

「まだ続けるの？」

「いや、彼女の方だってもう……」

「妻にばれたんだものね」

「遅かれ早かれ、終わらせるつもりだったし」

夫はまっすぐに希美を見つめた。その目を信じて希美は夫を許した。女とはきっぱり別れてくれると思ったのだ。

しかし希美の考えが甘かったと気づくのに半年もかからなかった。相手は同じだろうが、今度はそう簡単にシッポは摑《つか》ませなかった。会っている頻度も減ったし、隠し方が巧みになってきた。証拠になりそうなクレジットカードの明細なども、希美が簡単に探せないところにしまっているようだ。パソコンのメールにも注意を払っているようで、自分の部屋でしか使わなくなった。

確たる証拠がなくても、そのような些細《ささい》な夫の変化を希美は見逃さなかった。もっとずぼらな性格だったらよかったのにと思ったが、子どももいない希美にとって家庭内の他者は夫だけだ。どうしても無関心になどなれなかった。

希美は夫を取り戻すため、浮気が再燃焼していることに気づいていないふりをした。その方が楽でいられるし、彼をなじっても別れさせるためには効果がないと知っているからだ。我ながらその冷静さには驚いたが、逆に夫に執着している自分に気づいた。妻のプライドというよりは、彼は自分の一部であるという、まるで子離れできない母親のような心境だった。

いつか彼は絶対に戻ってくるという自信もあった。特に根拠はないが、相手があの女だからという安心感は確かにある。若い以外は何の取り柄もなさそうに見える地味な女……再び連絡を取り始めたのは夫からではなく、きっとあの女の方からにちがいない。なぜなら希美と夫は、以前のような関係を取り戻しつつあったのだ。休暇を合わせて小旅行に出かけたり、週末は二人で過ごしたりそれなりに楽しくやっていたのだ。

けれども独身の彼女は寂しい毎日に我慢できず、つい夫にメールを……。律儀で責任感の強い夫は、見捨てることができなかったのだろう。情にほだされたということもあり得る。希美は、自分で納得できるように解釈しようとしていた。

だが夫と愛人の関係は、ひっそりとだが深く進行しているようだった。もういそいそと土曜日に出かけて行くことはなくなったが、仕事での付き合いや残業とは別に帰宅が遅い日があるのを希美は見逃さなかった。そういったことに敏感に気づく自分が時々嫌になるのだが、それだけ夫に目が向いているのだろう。

そんなうやむやな日々がしばらく続いた後、希美にも変化があった。

彰彦《あきひこ》は、希美の職場に本社から出向して来ている社員だった。職場の飲み会でたまたま席が隣になるまで、ほとんど口をきいたこともなかったが、実際に言葉を交わしてみると、初めの印象とはちがって話しやすかった。そういった場なので、うち解けるというほど親しくはならなかったが、ひとつのきっかけにはなった。

彼は最初から妻子がいることを隠さなかったし、左手の薬指にはリングが光っていた。年齢は希美よりふたつ下だが、ほぼ同世代といっていい程度の差だ。

その飲み会から数日が過ぎたある日、定時に仕事を終えた希美は会社から少し離れたカフェに立ち寄ってコーヒーを飲んでいた。待ち合わせでもないし、特別コーヒーが飲みたいわけでもないが、ほんの十分か十五分ぐらいここでぼんやりしてから帰路につきたかったのだ。店は人の出入りが多くＢＧＭの音量も高くて、とても落ち着けるような雰囲気ではないのだが、そんな場所の方がかえってひとりになれてありがたいのだ。

「あれ、待ち合わせ？」

背後から声をかけられて、振り返ると彰彦がコーヒーのカップを手にして立っていた。ふいを衝かれて驚いたが、嫌な気持ちはしなかった。

「ううん、べつに……」

「じゃ、隣、いいかな」

「どうぞ、どうぞ」

彼も特に待ち合わせではないらしい。量り売りのコーヒーを買って帰るように頼まれていたのだが、ついでにカプチーノを一杯頼んだという。

「まっすぐうちに帰ってもいいんだけど、できれば一呼吸おきたいっていうのかな」

「うん、わかる」

「会社から自宅に帰る前の切り替え作業っていうか……一度自分を取り戻したい、みたいな。べつにそんな大袈裟《おおげさ》なものじゃないんだけどね」

彰彦は言った後で少し照れたように笑った。

「言いたいこと、わかるわよ。会社人間を引きずって家に帰りたくないのね」

「うち、ドアツードアで三十分なんだ。けっこう近くて便利なんだけど、あっという間に家に着くからどこかで軽く寄り道しないと」

カプチーノをひとくち飲んだが、猫舌なのか「熱いっ」という顔をした。

希美が彼に好感を持ったのは、きれいに並んだ白い歯と優しそうな目尻がとても爽やかな印象だったことだ。しかし少し伸びた前髪が陰を作る表情が、ごくたまにだが寂しそうに見えることがあり、そこに関心を引かれた。

　二人がコーヒーを飲み終える頃になると、店はますます混《こ》んできて長居しづらい雰囲気になってきた。

「あの、よかったら、もう少しだけ話していきたいんだけど……急ぐかな」

　それは意外だがうれしい申し出だった。

「私はぜんぜんかまわない。旦那はいつも遅いから、帰ってもひとりだし。急ぐ理由は何にもないの」

「じゃあ、軽く何か食べようか」

「いいわよ」

「よかったー、じゃあ、このあたりっていうのも何だから、少し移動しよう」

　言外に、会社の連中に会いたくないというニュアンスが含まれていた。出向社員とはいえ、既婚者同士の二人が社外でいっしょにいるところはあまり見られたくないのは同感だ。

　お互いに便のいいターミナル駅で降りてカフェに入った。カフェといっても夜はアルコールを扱っているし、ちゃんとした食事もできる。しかしお茶だけで済ませる人もいるるし、この店の選択はなかなか微妙だと希美は思った。じっくり腰を落ち着けてもいいし、三十分ぐらいで帰ることもできる。すべては二人次第だ。

店はまだ混んでいなかったので四人がけの席が案内された。とりあえずはビールと軽い食事をオーダーし、話し始めると話題は尽きなかった。ビールのジョッキはほどなくして空になったが、彰彦はすぐに追加を注文しなかった。やはりセーブしているのだろうか。

「おうちで夕飯、作って待っているんじゃないの？　電話だったら遠慮なくかけてね」

希美は気をきかせたつもりで言った。せっかく用意していた夕飯を、断りも入れずに済ませてきたら不快に感じる妻の気持ちがわかるからだ。

「あ、いいんだ、べつに。うちの夕飯は子ども中心だからね」

彼は大学時代の同級生と二十五歳の時に結婚し、五歳と二歳の男の子が二人いる。家の中はさぞかし賑《にぎ》やかだろう。たまにはまっすぐ帰りたくない気持ちもよくわかる。

「今夜はカレーなんだ。でも僕、昼にカレー食べちゃったからな」

彰彦はけろりと言った。

「でもおうちのカレーとお店のカレーはちがうでしょ」

「もちろん。ぜんぜんちがう、というかうちのはカレーとは呼べないよ。僅《わず》かにカレーの匂いがする黄色いルーがかかっているシチューみたいなもの。子どもが食べやすいようにひき肉で、にんじんが星形に切ってあるんだ。全く辛くないよ」

「あら、大人用と分けて作ったりしないんだ。私が子どもの頃は、母はいつもそうしてたけど」

「しないしない。そんな手間のかかったことしないよ。スパゲッティといえばケチャップたっぷりのナポリタンだし、オムライスとハンバーグは定番。たまに焼きそばとか」

「あら、完全にお子さま食ね」

「二人とも好き嫌いが多くておまけに食が細いから、何とか食べさせようとして好きなメニューばかりになるんだ。そういうの、良くないと思うんだけどね」

「うーん、私は子どもがいないからよくわからないけど……」

「ファミレスのお子さまメニューみたいな食事は正直うんざりなんだ。贅沢なことは言わないよ、肉じゃがでいい。鯖《さば》の味噌煮やロールキャベツなんて難易度の高いものは望んでいないんだ」

　彼は肩をすくめながら言った。まっすぐに帰りたくない理由がもうひとつ見つかった。

「私はそういうもの好きだからよく作るわよ。でも食べてくれる人がほとんど毎日遅いから、平日はぜんぜん作らない。自分のためだけに凝った料理は作る気がしないわ」

「そうか、うまくいかないものだね」

二人とも独身の頃なら話は簡単なのに……しかし、今はそう簡単にはいかない。彼が希美の手料理を食べるチャンスなどどう考えてもやって来そうもない。

とりとめのないおしゃべりをしているうちに、あっという間に一時間半が過ぎた。長居するような店ではないので、どちらからともなく引き上げることにした。もっと話したいことはあったが、キリがないような気がしたし、このあたりでやめておく方がお互い好印象を残すかもしれないと思った。

勘定は最初、彼が払おうとしたが希美は無理に割勘にしてもらった。

「だってデートじゃないんだし」

「まあ、そうだけど……」

少し不満そうな口ぶりだったが、彼は代金を収めてくれた。

「とっても楽しかったわ」

心からの言葉を彼は素直に受け取ってくれた。

「じゃあ、今度また、こんな風に付き合ってもらえるかな。帰りに軽く」

「ええ、いいわよ」

次はじっくり飲みましょう、ではなくあくまでも「軽く」というところがお互い所帯持ちであることへの気遣いだ。少し話して気が合ったからといって、どんどん進んでいかないところも気に入った。

希美は確かに、夫に浮気されて気持ちがささくれていたが、だからといって自分も相手を見つけて恨みを晴らしたいとは思わなかった。浮気には興味がなかったし、夫と同類の人間になるのはプライドが許さなかった。もちろん、ひたすら耐えているのはもっと嫌なので、多少は好きにしていたい。人妻でも会社の男性と帰りに食事するぐらいの自由は許されるはずだ。

彰彦とはちょうどいい距離感を保ちながら交際を続けていた。決して深入りはしないけれど、ある程度の親しみは感じている特別な存在……。

そんな頃、ソーシャルネットサービス、ウェビィにある既婚者の恋愛コミュニティ

「大人恋」に参加したのだった。そこは夫がいながら恋人のいる妻たちが不倫の恋を自由に語り合える場所だった。ネット上の書き込みなので、お互い顔も本名もわからないメンバーに対して思いの丈をぶつけることができる。時には激しく議論になるようなこともあったが、みなが同じ立場で苦悩も喜びも共感できるし、慰め合いまた励まし合った。

希美はしばらくの間はもっぱら読む専門だったが、管理人の志織が小規模のオフ会を催した時、思いきって参加してみた。そこで亜里《あり》や千奈津や麻也子《まやこ》と出会ったのだ。すっかり盛り上がって三次会まで残った最後の五人で、「大人恋」とは別に承認されたメンバーだけが読めて書き込むことができる限定コミュニティを作ったのだ。今のところ参加者は五人のみ。これなら他人の目を気にせずチャット感覚で気軽に書き込めるし、超プライベートな内容にまで踏み込める。コミュニティの名前は「マダムＢの部屋」。フランス文学が好きな志織が命名した。マダムＢとは、不倫文学で有名なフロベールの『ボヴァリー夫人』だ。

既婚者の恋愛、といってもメンバーはそれぞれの状況や抱えている悩みは異なっている。集まっておしゃべりすることもたまにはあるが、なかなか予定が合わないのでもっぱらネットでの交流が中心となっている。お互いに進行状況を報告し合ったり、悩んだり躊躇ったり腹がたっていることをぶつけたり、愚痴だけでもいいのでできるだけ胸にためこまないようにしよう、というのがモットーだ。

最年長で管理人の志織は現在は離婚していて、その原因となった相手ともすでに別れているが、「先輩」の立場から四人を見守ってくれているし意見や忠告もしてくれる。個人的にメッセージをメールで送った時も、とても丁寧に対応してくれるのでメンバーからは頼りにされている。

今から四カ月ほど前に、希美は次のような書き込みをした。

トピック「この先どうしたものか、悩んでます」
トピ主　のぞみ
みんなも知っているように、彼とはもう半年近く「茶飲み友達」状態で、会社帰りに軽く食事したり飲んだりしている関係。でも最近明らかにわかるんです。彼は先に進みたがっているって。

これまで月に一回程度どちらからともなく誘い合い、会社帰りに寄り道して楽しんできたわけだけど。最初の頃は一時間半ぐらいでおしまいにしていたのに、少しずつ長びいてきてこの間はついに二軒目へ。軽い食事だけのつもりがお酒も入るようになって、話の内容もだんだんプライベートに踏み込んできて……。

もちろん、私は彼のことが大好き。男友達としてこれ以上の人はいないと思う。だからこそ、深入りしたくない気持ちもあるわけです。たまに会って気晴らしに付き合ってくれる、それだけで十分なのに。お互い面倒なことにもならず、傷つく心配もなく、離れたくなったらいつでも離れられるし……。

正直に告白すると……実は、この間ホテルに誘われました。さりげなくだけど。こんなこと、当然の流れだとみんなは思うでしょうけど、私にはとってもショックだった。

二軒目の店で十時過ぎになったので、そろそろ引き上げようかっていう時、

「この後、ホテルとか誘ったりしたら、軽蔑するかなぁ」

て、ぼそっと独り言みたいに言ったんです。

何の心の準備もできていなかった私は、心臓が口から飛び出しそうなぐらい驚いたけど、必死で抑えて動揺している素振りは見せずに、

「あら、そういう普通の男が言いそうなこと、口にしない人だと思ったんだけどなー」

って笑って返したら、慌てて「うそうそ、冗談だから……」みたいに誤魔化したけど。

でも私にその気があったらすぐに話はまとまっていたと思う。

確かにもう七回ぐらいデートしているから、いくらW不倫とはいえ、そろそろいい頃だろうと考えたのかも。

でも、私は怖い。ＯＫするのは簡単だけど、結果的に彼とのいい関係を失ってしまいそうで。関係が深まると、喜びも大きいけどその他のいろいろなこと……気をつけなくちゃならないことが増えるし、家庭では嘘もつくことになる。私は旦那も浮気しているから万が一バレたとしても居直れるけど、彼の方は完全に奥さんを傷つけることになるんだし……。

ああ、私はこのぬるま湯みたいな関係がちょうどよかったのに。でもここにとどまっていることはやっぱり無理なのかなぁ。どういう態度に出るべきか、今すごく悩んでます。

このトピックに対して、四人はそれぞれ長いコメントをくれた。

こうするべきだ、というはっきりとした意見はないが、共通して言えることは結局決めるのは自分自身しかない、ということだった。

今後の展開は、自分がどうしたいかですべては決まる、と。

「自分とは深い関係になりたくないんだな、と彼に悟られた時、彼が離れていきそうで怖いのでは？」とも書かれたが、確かにそうだった。希美にとって、いちばん痛手なのは「次がない」ということなのだ。

「どうしようもなく好きならば、その時すぐにOKしていたはず。躊躇いがあるということは、すべてを犠牲にしても彼に賭けようという意志には欠ける？　それなら熟考した方がいいかも。ここでやめる、というのもひとつの決断。今ならお互い傷つかなくてすむのだし」

その意見にも頷《うなず》ける。二人の子どもがいる彼にとって、不倫することは何の罪もない彼の妻子を巻き込んで傷つけることになるのだ。その片棒を担ぐことには少なからず抵抗がある。

「(不倫を) やめるのはいつでもやめられる。一度しかない人生なのに、まだ始めてもみないで終わらせるなんて……。ひょっとすると、彼は運命の人なのかもしれない。でも単に時間の無駄だった、ということもあり得るし。これればかりは始めてみないと何とも言えないけど」

この一文にも考えさせられた。やってもみないで後悔はしたくないのだ。とりあえずコマを進めてみようか……しかし思いのほか彰彦がのめりこんでしまったらどうしよう。それより自分が溺《おぼ》れてしまうかもしれない。平静を失うのは怖い。

「思いきって打ち明けてみたら？　誘いを受けるべきかどうか迷っていることや、今の状態でいることが自分にとってベストであることを正直に話してみるのはどう？　それでわかってくれるかもしれないし、そこまで尊重してくれたら、彼の思いは本物かもしれない」

そうだ、これだ！　と希美は反応した。正直な気持ちを伝えてみよう……。

けれども次に彰彦と会った時、その決心は揺らぐどころかすっかり消滅していた。

結局、希美は自分の本能に従ったのだ。平たく言えば、欲望に忠実な行動をとったということになる。彰彦と初めてデートして半年あまり、希美は封印して見ないようにしていた欲望の扉を遂に、自ら開いてしまったのだ。

いつものように仕事の帰りに待ち合わせ、食事して軽く飲んで……しかし二軒目はもう必要なかった。希美は自分から、「きょうはまだ帰らなくていいのよ」と言ってしまったのだ。彼はしっかりと目を見て強く頷いた。

希美は先のことは考えていなかった。熟考して出した結論がいつも正しいとは限らないし、たまには本能に従ってみたくなったのだ。元来、どっちかといえば臆病で慎重な性格だが、夫に裏切られ愛人と対峙《たいじ》してから自分が変わったような気がした。ずいぶん逞《たくま》しくなったし図々しくもなった。

夫がしている浮気というものを妻もしてみて何が悪い、という居直りもあった。

彰彦とホテルで約三時間過ごし、家に帰ると十二時近くになっていた。タクシーは使わずあえて電車で帰ったのだが、うっかり反対方向に乗りそうになったり、降りるのを忘れてしまったぐらい気持ちは高揚していた。

彰彦との濃密な時間はたとえようもないほど素晴らしく、身も心もとろけそうなほど愛されたという実感があった。これでもう死んでもいいと感じたほどだった。

しかしそんな日に限って夫が先に帰宅していた。十時まで会社で残業し、帰りに同僚とラーメンを食べて帰ってきたという。女と会った時はもっと遅いはずだから本当に仕事だったのだろう。食事が足りなかったのか、スポーツニュースを見ながら缶ビールと乾き物を口にしていた。

希美は、友達と会ってきたのだと言った後、平然とシャワーを浴びた。夫に対する後ろめたさはほとんど感じていなかった。逆に、こんなものかというほど浮気したことへの罪悪感はなかった。少し前まで他の男の腕の中にあったこの体が愛《いと》おしかった。彼の指や掌が這《は》った箇所が生々しく甦《よみがえ》ってきて胸が苦しくなるほどだ。

夫とは少し前から別々に寝ているし、ほとんどセックスレスといっていいぐらいごくたまにしか同衾《どうきん》していない。興奮しているせいか少しも疲れていなかったし、眠くもないのでPCを立ち上げさっそく仲間に報告した。

こんな時、語れる相手がいるというのは、何と心強いことだろう。隣の部屋で夫が寝ているのに、他の男と寝たことを文章にし、それを読んでいる相手がいる……希美は夫に仕返ししたような気持ちでキーボードをたたいていた。

初めて関係した後も、二人は慎重だった。気持ちの上では週に二、三回は会いたいと思ったがままならず、週一どころか二週間に一度ぐらいが関の山だった。特に彰彦の方の事情が厳しくて、小さな子どもがいるおかげで早く帰宅して育児を手伝わなければならないようなのだ。彼自身が子煩悩ということもあるが、どうやら家庭では妻の尻に敷かれているらしい。

希美はそんな彼の家庭事情をよく理解していたので、無理に付き合わせたりはしなかった。確かに彼には惹かれているし、恋しているのかもしれない。けれどもすべてを犠牲にして彼に身を投じようという覚悟はなかった。

やはり希美は意識のどこかで、夫はいつか自分のところに戻ってくるはず、と信じているからだ。浮気しているとはいえ、交際期間も含めて、十年以上になる夫との関係をそう簡単には清算できない。愛人に夫をくれてやる、というほど彼を憎んではいないのだった。

彰彦の存在は、平板でむなしい日常に彩りを添え、活力を与えてくれる源になってはいるが、毎日彼といっしょに過ごすことは想像できない。浮気の相手だからこそ魅力的なのだろう。それは夫が愛人に感じていることと同じかもしれない……と、希美は初めて夫の心境が少し理解できた気になった。可笑《おか》しな話だが、配偶者がいる身で浮気する時の気分について、夫と意見や感想を交換してみたい気持ちにさえなった。

どんな時でも希美は夫を意識していた。彰彦とはやはり一時の「浮気」なのだと常に言い聞かせている冷静な自分がいるのだった。

それはたぶん、彰彦の方も同じだと思った。彼もまさか、何の落ち度もない妻と可愛い子どもたちを捨てるつもりはないだろう。これはいわば、割り切った不倫、なのだ。

希美の場合は、万が一夫にバレても「お互いさまだから」ですんでしまうかもしれないが、彰彦は十分な注意を払わなければならない。もしもどちらかの配偶者に浮気がバレたら、この関係は終わりにしよう、と決めていた。二度目にベッドをともにした時、そういう取り決めをしたのだ。言い出したのは希美の方だったが、彼も納得してくれた。

二週間に一度ぐらいの割りで、仕事帰りに二人で飲食し、月一でホテルに行った。食事だけの時は早く切り上げ、彼が子どもといっしょに風呂に入れる時間に間に合うように帰した。

一度などホテルに行くつもりが、彼の都合で急遽《きゅうきょ》十時までに帰宅しなければならないと言われ、飲食店には寄らずコンビニで食べ物を買ってラブホテルに直行したこともある。慌ただしく抱き合い、一回目が終わってから短時間で買ってきた食事を済ませ、また二回目を始める……というめまぐるしさだ。

彰彦とのセックスはスポーツのような感覚なので、第一ラウンドの後、ショート・ブレイクを挟んで第二ラウンドが開始、といった流れだ。彼はどちらかというと淡泊な方なので、性行為も爽やかであっさりしている。特に物足りないということはないし、決して自分勝手でもないのだが、濃厚な接触を好んだ夫の行為と比べると、かなりライト感覚だ。

夫はムード作りに凝ったり前戯にも時間をかけてくれたが、彰彦とはいつも余裕がないせいか慌ただしくなってしまう。一度でいいから時計を気にせず、たっぷり時間をかけて愛し合いたい……そんな思いから、一泊旅行は希美から出した提案だった。

会社近くのコーヒー店で偶然会ってから一年ちょっとが経過していた。ようやく念願かなって二人だけの朝を迎えられる、と希美は自分でも可笑しくなるほど気合いを入れていたのだ。その日の夜のことを想像しただけで眠れなくなり、遠足前夜の小学生の十倍ぐらいは興奮していた。

それなのに、自分の方の事情で旅行を断念したのは本当につらかった。彰彦とは縁がないのかもしれない、と思ったほどだ。

幸い父親の手術は問題なく終了した。しかし、予想以上に取り乱していた母親を目《ま》の当たりにして、やはりそばについていて正解だったと思った。

彰彦との京都旅行はまことに残念だったが、仕切直しで何か別の計画を立てようということになった。

ひとつ気になったのは、希美が旅行をキャンセルしなければならないことを彼に告げた時、さほどがっかりした様子を見せなかったことだ。最初にメールで伝えた時も、「それは残念だけど、仕方ないね」と割りにあっさりしていた。もちろん父親の病気という避けられない事情のせいもあるだろうが、希美ほどはテンションが上がっていないのだろうか、とも考えた。

「あれほど人気の宿でなくても、京都にはいい旅館はたくさんあるものね……」

希美は未練を残しながらため息をついた。

「いつごろなら行けるかしら、京都」

「ああ、実は、そのことなんだけど……」

彰彦が口ごもったので、嫌な予感が頭の隅をよぎった。

「やっぱり遠くでなくちゃだめなのかな。一泊するのは何とかなりそうだけど、あんまり遠くだと、ちょっと」

「そうね、じゃあ、箱根あたりでもいいけど」

「いや、あの……都内のホテルに一泊するのはどうだろう。ホテルに勤めている友達がいてさ、系列のホテルが割引料金で泊まれるんだ。ほら、最近オープンした……」

彼が提案したホテルは有名な五つ星ホテルチェーンのひとつで、最近日本に初上陸したのだ。ごくスタンダードなツインルームでもかなり高級感があり、最上階にあるバーは最高の雰囲気が味わえるスペースとして、新しいもの好きな人々の間で話題だった。

「素敵ね。でも私はそんなお洒落《しゃれ》な場所でなくてもいいのよ。普通の旅館かホテルでいいから、あなたと二人でちょっとした小旅行がしたいの」

とにかく希美は彼と旅行したかったのだ。いつもラブホテルで慌ただしくしているので、静かな温泉宿で時間を気にせずゆったりした気分に浸りたかったのだ。シティホテルに話題をすり替えてほしくなかった。

「近場でかまわないんだけど」

「それが今……旅行はできないんだよ」

彰彦の表情は深刻だった。彼が言うには、上の子どもは最近、喘息《ぜんそく》の発作がでるようになったらしい。夜中に発作を起こすことが多いので、ひどい時には救急病院へ連れて行かなければならない。そんな時、下の子をひとり家に置いては出られないし、二歳児を連れて病院に行くのも骨が折れる。発作はいつ何時起きるかわからないので、連絡があった時にはすぐ帰宅できる場所にいたいというわけだ。

「最近は出張もめったにないしね。それに出張の嘘はあんまりつきたくないんだよ。バレる可能性があるから……」

「そう、それなら仕方ないわね」

「都内ならかまわないよ」

小旅行を楽しみにしていた希美にはショックだったが、そもそも妻子ある男と付き合っているのだから多くは望めないということだろう。

「お子さんがいると、いろいろ大変よね。旅行にはまだ早すぎたわね」

「本当にごめんね。僕だって旅行したいのはやまやまなんだよ。いつか必ず機会を作るから、それまで待ってくれるよね」

まっすぐ希美を見つめた彰彦の目に嘘はなかった。

彼の家庭の事情を聞いて、これからは少し距離を置いて付き合うようにしよう、とたった今、決心したところだった。が、その言葉を聞いてまた気持ちが揺らいでしまった。温泉旅館でなくても、彼と一晩過ごせることには変わらないのだから、シティホテルでも十分だ。その晩、子どもの発作が起きないかぎり、二人きりで朝まで過ごせるのだし贅沢は言えない。

希美は納得して、手帖を見ながらホテルに泊まれそうな日を話し合った。彰彦とはまだ別れられそうもない。ひょっとすると長い付き合いになるかもしれない……とこの時、初めて感じた。

第二章　奥さんとできないことをしてちょうだい

トピック「ふと、むなしくなる時……」
トピ主　マヤ

みんなも知ってる通り、私は今、彼に夢中です。

子育てと主婦と仕事とで（ついでに旦那の世話も）とっても忙しい毎日だけど、いきいきしていられるのは、すべて彼という存在があるから。

最近の私は、彼と会うために生きているような感じで、自分の中では彼とのデートが最優先事項。デートの前の日なんて、そわそわして人の話も上の空。

実はきのう、娘の小学校の保護者会だったのに、すっかり忘れて彼と会ってました。お知らせのプリントはもらっていたんだけど、なぜかカレンダーにも携帯にも書き込んでいなかったので。

一時から三時ぐらいまで彼と会ってました。その後すぐ学校に向かえば、遅刻してでも間に合ったんだけど、仕事に戻ってしまって。

夕方うちに帰ったら、娘に「保護者会でいろいろ聞いてきた?」と言われて初めてハッと気づいた始末です。きのうの保護者会は、二泊三日の移動教室の説明会を兼ねていたので、ほとんどの親が出席だったのです。詳しいスケジュールや持ち物のことか、細かい説明があるので。当日配ったプリントや栞《しおり》はあとでもらうとしても、娘は私が保護者会のことを忘れていたのがショックだったみたい。

学校行事や子どものことを優先したいから選んだ職場なので、今まで欠席したことなかったのに、よりによって「忘れた」なんて。しかも、仕事でどうしても行けなかったのならともかく、私、その時間、彼と会ってホテルにいたんだもの。

もう、完全に母親失格!

娘に言われるまで保護者会のことなんて、頭の隅にもなかった。ほかにも娘に頼まれていたノート買うの忘れたり、おやつのホットケーキ焦がしたり……心ここにあらず。

でもね、こんなに彼のこと好きなのに、ふと、むなしくなるの。

だって私と彼はお互い、離婚するつもりはないわけだから、明るい未来っていうものは望めないわけ。どちらかがバレたらおしまいにしようって、最初から決めているので、ものすごく慎重に行動しているけど、でもいつか関係は終わるのよね。こんなに好きで、こんなにエネルギー注いでいるのに、ああ、何てむなしいの。家族のこと犠牲にしてまで付き合いを続けることに何か意味があるんだろうか。だったら、さっさと別れた方がいいって？　確かにそうかもしれない。でも別れられないの。好きだから。

すみません、愚痴でした……。

コメント1　アリ

「マダムBの部屋」は私たち五人しか見てないし、気兼ねなく何だって言える場なんだから、愚痴を書いていいんですよー。思いっきり吐き出しちゃって。

マヤさんのすごく正直な気持ちだと思う。ふとむなしくなるって、私もあるし、よくわかる。何でこんなことしてるんだろうって。それが自然でしょう。

人間って高等な生き物だからこそ、目的や見返りのないことに心血注げるんじゃないのかな。目的のためだけに行動するんだったら、男女交際なんて不要、生殖行為だけでこと足りるじゃない。

好きになったら、もうどうしようもないですよね。

どこまで盛り上がるか、いつまで燃え続けるかなんて、だれにもわからない。

流れに身を任せるしかないっていうか……。

結婚というゴールがないのは、裏を返せばいつでも終わりにできるということ。すごく不安だけど、だからこそますます燃えるんだよね。

もしかしたら、きょう会うのが最後かもしれない……いつもそんな気持ちで彼と会っていたら、恋愛のボルテージは絶対に下がらないもの。

このまま二人で死んじゃおうか……なんてことまで考えがよぎったり。

マヤさんは子どもがいるから、まさかそんな馬鹿なこと考えないだろうけど。

むなしさ、も含めて恋愛なんじゃないのかな。

不条理なものですよ……なーんて、ね。

何の気休めにもならないレスでした。

コメント2　ちな

恋については恋愛の達人のアリちゃんが語ってくれてるから、私はもうちょっと実用的なこと書くわ。

母親としては、いくら恋愛中でも子どもに関することは、きちんとやりたいよね。でもやっぱり、恋していると気持ちがふわふわして、つい大事なこと忘れるってよくわかる。私もポカやっているもの。

そんな私がアドバイスできる立場でもないけど、心がけていることは……。

とにかく大事なことはすぐにメモって見えるところに貼っておく。私は大きめの付箋に書いて冷蔵庫にぺたっと貼っているのよ。後で手帖に書いておこうとするとその前に忘れたり、ヘタすると手帖を見るのさえ忘れたりなんて。

重要なこととそれほどでもないことと、色を使い分けたりして。だからうちの冷蔵庫は付箋がびらびらしているわ（笑）。

時間がある時に携帯にもメモしているけど、結局この付箋方式がいちばんよく目に入って忘れないのよ。特に学校関係のことは、前の晩とか朝になって用意することが多いから、冷蔵庫なら必ずその前に立つでしょ。

よかったら試してみてね。

彼とのことは……そう、私たちには何もできないけど、せめてこの場で思いの丈を吐き出して。いくらでも聞くからね。

コメント3　のぞみ

そうか、私みたいに子どもがいない身にとっては想像もできないけど、お子さんに関わってくると、やっぱり心が痛むよね。母親の恋愛って難しい……。

マヤさんが苦しんでいるのはよくわかる。成就できない恋ってわかっていても、気持ちは止められないし。

私なんか、子どもはいないし、旦那も勝手に浮気しているから、別に彼氏がいてもあんまり罪悪感がないんだけど、マヤさんの場合はだいぶちがうと思う。お子さんのためにも家庭は壊さないようにしているんでしょうけど、それがますますつらいよね。彼とのことが気持ちの大部分を占めれば、どうしても家庭のことは手薄になってしまう。でもやらなくちゃいけないことは山ほどあるし、おまけに仕事も。責任感が強いから、何でもいいかげんにできないのね。いろいろ頑張りすぎて、体を壊さないようにしてください。

彼とのことは、会いたくてたまらないのはわかるけど、ちょっとだけペースを落とすとかも考えてみたら？　バレずに続けるにはそれも方法かもしれないし。あれこれと条件の厳しい恋愛だから、冷静に慎重にならないとね。

こんなこと、私がアドバイスするなんておこがましいんだけど、マヤさんを応援したいからこそと思って受け止めてください。

コメント4　マヤ

みんなありがとう！

私のしょうもないトピにきちんと答えてくれて本当にうれしかった。

＞アリ

気休めにもならないレスだなんて……そんなことない。私の愚痴を聞いてくれるだけでもありがたいのに、すぐに返事してくれて感謝。すごく参考になったし。

「恋愛の達人」でも、やっぱりむなしくなることってあるのね。それを知って少し安心した。

独身同士なら、こんなにたくさんの障害はないはずだから、もっと純粋に恋に浸れると思うんだけど。日程を合わせるだけでも大変なのに、お互いバレないように気を遣ったり、ぬかりなく段取りしたり、会う前に疲れちゃったりすることも……。

でも、そんな大変な思いをしてやっと会うんだから、やっぱり会った時はすごい盛り上がる（笑）。その高揚感がむなしさを遥かに上回っているから、どうにかやっていけるんだと思う。盛り上がらなくなってきたら……やめるでしょうね、きっぱりと。

＞ちな

ありがとう、さっそく試してみる。大きめの付箋にメモ書いて冷蔵庫にぺたりっ、と貼るだけね。これなら簡単だわ。

保護者会のことは頭の隅にこれっぽっちもなくて、娘に言われて初めて思い出したぐらい。たぶん彼と会ってきたその夜に、保護者会のこと聞いたのでぼうっとしてたのかも。プリントももらったはずなのに、よく読まずに捨てちゃったみたい。

彼と別れて家に帰り着く頃になると、いつもどーんと落ち込むの。むなしさがこみ上げて、何も手につかなくなってぼんやりしちゃう。そんな時が要注意なのね。

恋に狂ってひどい母親だけど、それでも娘のことはちゃんとやりたいと思ってる。

彼とのことは、また時々みんなに進行状況を報告するわ。

＞のぞみ

そうね、このへんでちょっとクールダウンするのが必要かもしれない。的確なアドバイス、ありがとう。

私たち、確かに熱くなりすぎてる。恋愛、といっても大人恋だから感情のままに突っ走ることはできないの。そんなことは百も承知のはずなのに、完全に周りが見えなくなっているのよね。彼の方がまだ冷静さが残っているけど、私はすっかり自分を見失っていた。

私はやっぱり、まだ彼と別れたくないの。だから、バレないように細く長く関係を続けたい。それにはもっと自分がしっかりしないと。家庭のことも、仕事もぬかりなくやって、その上で女として彼に愛されたいの。欲張りかもしれないけど、やってみたい。あと何年続くかわからない。ある日、突然別れが来るかもしれない。でも彼と恋愛したことを、後悔したくないのよね。

まだしばらく、頑張るわ……。

コメント5　志織

母親が恋愛するのって、大変よね。夫がいないシングルマザーならまだしも、妻で母で、その上よそにオトコがいるって、ものすごくエネルギーが必要。

マヤの場合、仕事もしているんだし。超人的なパワーだわ。

私が不倫してた時は、仕事といっても自分の家でぼちぼちやってたぐらいだったから相手に合わせることもできたけど、マヤの仕事はほぼフルタイムだものね。

とにかく体を壊さないように気をつけて。でも、こういう時って案外気が張っているから病気もしないものだけど。

娘さんのことでポカやっちゃったりするの、無理もないと思う。あんまり自分を責めないで。取り返しのつかないことをしたらマズイけどね。

そもそも妻や母親が恋愛するって、世間的には許されないこと（みたい）だけど、大きな声で言えないことを思いっきり語るため「大人恋」も「マダムBの部屋」もあるわけだから、愚痴でも何でもいいの。多少のちがいはあっても、メンバーはみな同じ思いをしているんだし。

恋愛は、先が読めないものよ。読めたらつまらないし……。

それは独身同士の恋愛だって同じだと思う。

もうね、不倫の恋という大海原に二人で漕ぎ出したのだから、流れに身を任せるより仕方がない。嵐もくるだろうし、船が壊れるかもしれない。

頑張ってください、いろいろと……。

うーん、そんなところかな。うまく言えなくて、ごめん。


麻也子は毎日仕事から帰るとすぐウェビィにログインするのが日課だ。たまに、昼休みにも携帯で見ることもあるが、ランチタイムはだれかといっしょのことが多いので落ち着いて見られないのだ。

「大人恋」は参加メンバーが多いので、毎日だれかしらの書き込みがあり、たくさんの投稿やそれに対するレスで溢《あふ》れている。ある意味、大変活気のあるコミュニティだ。夫がある人の恋愛が、いかに困難で悩みを告白する場がないかということが、読んでいてよくわかる。中には、涙が出てくるような書き込みもあったり、心から応援したくなって励ましのメッセージを書いてしまうこともあった。

管理人の志織の意向で、トピックもそれに対するコメントも、長くなりすぎないように、との注意があった。書きたいことが山のようにあるのはわかるし、コメントにもつい熱が入ってしまうこともあるだろう。しかし書いても書いてもキリがないし、あくまでもネットでの交流ということで千字以内にまとめてください、との要望があった。

以前は二回に分けて長文を投稿してくるメンバーもいたからだ。事情を知らない人に状況や自分の気持ちを正しく伝えるにはどうしても説明が長くなってしまう。まるでドラマか小説を読んでいるような気分にさせられることもあるが、中にはひどくヒステリックだったり、自分勝手な恋愛に呆《あき》れることもあった。

しかしメンバーの数が千人を超えている「大人恋」の参加者の中で、ひとりとして不倫から発展して結婚に至ったといういわゆる「成功者」はいない。志織がコミュニティを発足させてから三年以上たつのだから、ひとりぐらい夫と別れて恋人と結婚したというメンバーが現れてもよさそうなのに……。もっともそうやって略奪した人が、わざわざ誇らしげに書き込むとも思えないが、やはり数は圧倒的に少ないだろう。それだけ困難な恋愛であることはまちがいないのだ。

麻也子はメンバー限定の「マダムBの部屋」に参加するようになって、だいぶ心の平静を取り戻すようになった。そこでは人目を気にせずに思いきり自分の感情を吐き出すことができる。それまでは体重が減ってやつれ、見た目にも変化が現れるほど恋に悩んでいた時期もあった。

麻也子が佳之《よしゆき》と出会ったのは、今から二十年以上も前のことだ。

高校の同級生だったが、クラスが同じになったことは一年生の時に一度だけ、特別に親しく話したことはないし、クラスが変わってからは校内で会っても挨拶もしない程度の仲だった。

だが大学受験を控えた高三の二学期、たまたま少人数制の英語の補習で同じクラスになったのだ。佳之は理系、麻也子は文系だが英語は共通の入試科目なので同じ教室で授業を受けることになった。

ある日、補習が終わった帰り、麻也子は校門を出てしばらく歩いた場所で、コンタクトレンズを落としてしまった。目が疲れてすっかり乾いていたようで、瞼《まぶた》をこすった途端にぱちっとはずれたのだ。

すでに日はとっぷりと暮れて、街灯のあかりだけが頼りの場所で、落としたレンズを見つけるのは至難の業《わざ》だ。ほとんど諦めてはいたが、使い捨てのタイプではなく、値の張るレンズを失《な》くしたと言えば母に怒られるだろうから、一応しゃがんでそのあたりの地面を見回してみた。

「コンタクト？」

ふいに後ろから声をかけられた。振り返ると佳之だった。

「そうなの、落としちゃったみたい。最悪……」

「いっしょに探すよ」

「無理よ。こんなに暗いんだし」

「大丈夫だって、ええと、ほら、これ」

佳之は、ズボンのポケットからペン形のライトを取り出し、得意げな顔で笑った。

「へえ、そんなの持ってるんだ」

「駐輪した自転車、自分のがどこかわからなくなるから。探す時に便利なんだ」

彼は話しながらゆっくり地面を照らした。

「案外遠くまで飛んでることあるのよね。見つかるかなあ」

「落ちたんだから、羽が生えて飛んでいかない限り、見つかるよ。これでダメなら、懐中電灯借りてくるさ。職員室にあるはずだから」

「でも、そこまでしなくても……」

「あ、これ、違う？」

冷たいアスファルトの地面にきらっと光るものを見つけた。

「あったー、嘘みたい。ほんとに見つかったー」

「やったね。案外すぐ見つかってよかった」

佳之も自分のことのように喜んでくれた。この時、麻也子は初めて彼に好感を持った。

その日はいっしょに帰ったが、普通におしゃべりしていても会話がスムーズに運び、何となく気が合うなとお互い感じるものがあった。とっぷりと日の暮れた道を肩を並べて歩いたが、いつまでも駅に着かなければいいのにな、と密かに思ったほどだ。

補習の間は待ち合わせなくても自然に二人で帰れたが、そのほかの日もお互い姿を見つけると声をかけたり立ち話するようになっていた。二人でファストフード店に寄ったり、本屋に行くことはあったがデートするには至らなかった。受験が迫っていて二人とも忙しく、お互いの思いなど確認したり育《はぐく》んでいる暇はなかったのだ。

三学期は登校する日も少なく、あっという間に受験シーズンに入ってしまったので、顔を合わせることもなくなった。久々に会ったのは、卒業式を控えた三月に入ってからのことだった。

佳之は、第一志望の関西の大学に合格したと言った。麻也子は、おめでとうと言いながらも同時にひどくがっかりしていた。東京にとどまる麻也子とはずいぶん離れてしまうのだ。受験が終わったらデートに誘ってくれるかと密かな希望を抱いていたが、佳之は入学する大学と新しい生活のことで期待に胸膨らませ頭がいっぱいの様子だった。

離れてしまうことがわかっているのなら、デートなどしない方がいいのかもしれない……と麻也子は一抹の寂しさを感じながらも佳之のことは諦めようと決心した。

麻也子自身、大学に入ってからは毎日が楽しく、授業以外に友人との付き合いやサークル活動、アルバイトなどスケジュール帳がたくさんの予定で埋まるのがうれしかった。やがてボーイフレンドもできて、自然に佳之のことは忘れていった。たまにふと思い出すことはあっても、「どうしているかなあ」という程度の感情しか湧かなかった。

青春時代の思い出の中で、佳之の存在はさほど大きくはなく、登場人物の中でもその他大勢よりは多少ましというぐらいで、メインキャストには入っていなかった。

全く予測しなかった再会があったのは、高校卒業後二十周年を記念する同期会でのことだった。もともとまとまりの悪い学年で、同期会をまともにしたことがなかったので、卒業以来初めて会うクラスメートも多かった。久々に目にする懐かしい顔ぶれに、いちいち感嘆の声をあげながら夢中でおしゃべりしていたその時、後ろからそっと袖を引かれた。

「来てたんだね。僕のこと、覚えてる？」

二十年ぶりに会う佳之は、以前よりも顔つきが引き締まって精悍になっていたが、優しい目元は変わらなかった。

「忘れるわけないでしょ」

「君は変わらないね」

「嘘よ。高校の時より七、八キロ増えて、すっかりオバサン体型」

「こんな混んでるところでコンタクト落とすなよ」

「いやだー、今は使い捨てのだから大丈夫よ」

二十年の歳月は一瞬にして元に戻った。実は、同期会の知らせが届いて以来、ずっと佳之が来るかどうか気にしていたのだ。

あまりにも人が多く、落ち着いて話すどころではないので、お互いに名刺を交換し、近いうちにランチでもいっしょに、ということでその場は別れた。

「僕、口だけの約束はしないんだけど」

「私もよ。だから絶対、メールしてね」

お互い結婚して子どもがいることは承知の上で約束した。

麻也子は友人を通して公務員の夫と知り合い、二十七歳の時に結婚して女の子がひとりいた。仕事は皮膚科クリニックの受付をしていて、生活にはこれといった不満はなかった。子育ても仕事も忙しくてゆっくりと自分自身や将来のことなど考える暇もなかったし、男性にときめいたこともない。

二十年のブランクを埋めるには一回のランチぐらいでは到底時間が足りなかった。

佳之から、夜は出てこられないのかな、と遠慮っぽく誘われた時は本当にうれしく久々に舞い上がりそうなほど高揚していた。夫には職場での飲み会、ということにして夕飯の支度もぬかりなく準備してから出かけた。

「僕、あの頃、君のこと好きだったんだよ。君は気づいていなかったかもしれないけどさ」

二度目のデートで、佳之の口からさりげなくその言葉が出た時、麻也子は耳を疑った。もう一度言ってほしい。いや、何度でも繰り返して言ってほしい。

「やだー、今ごろになって、そんな……」

真顔で告白されたのに、つい冗談ぽい反応を示してしまった。何と気の利かない言い草だろう。素直に喜べない自分が嫌だった。

「もう時効かな、と思って言ってみただけ。忘れていいよ」

ううん、忘れない。今、言ってくれたこと、ずっと忘れない。

「それなら一度ぐらい、デートに誘ってくれたらよかったのに」

「誘おうと思って電話したんだ。卒業式の一週間ぐらい前かな。そしたらお父さんが出て、麻也子は今、ちょっと出てますって。帰ったら電話くださいって伝言してもらったけど、君からはかかってこなかったよ」

「ええーっ、うちに電話したの？　ぜんぜん聞いてない。知らなかった」

麻也子はオーバーに反応してしまい、近くにいた客が振り返って見たほどだ。

「あれ、聞いてなかった？」

「もう、お父さんたら、言うの忘れてたのね。いやだー、聞いていたら絶対、かけてたわよ」

「何だ。だったらもう一度かければよかったな。僕、もうてっきり脈はないなって、がっくりしたよ」

「あーあ、お父さんのせいでせっかくのチャンスが……私、待ってたのよ。誘ってくれないかなあって、密かに」

「そうだったんだ。今みたいにメールだ携帯だって、便利なものはなかったからね」

「ちょっとした行き違いだったのね。私たち、ロミオとジュリエットみたい」

「それ、ちょっと大袈裟じゃないか？　べつに親同士が対立してたわけじゃないし」

二人で顔を見合わせて笑った。そして、もしデートが実現していたら、どうなっていたかとあれこれと想像して語り合った。

そしてその夜、麻也子と佳之は関係を持った。実に二十年ごしの恋が実を結んだのだ。

それは、言葉に表せないほど甘美な体験だった。まさに情熱のおもむくまま、躊躇いはなかった。お互い家庭を持っていることなど、二人の気持ちの高まりの中では何の障害にもならなかったのだ。

「二十年前にこうなりたかったわ。私、あの時だったらヴァージンだったのよ。あなたが初体験の相手ならよかったのに」

麻也子は佳之の腕枕に頭をあずけながらつぶやいた。彼のぬくもりからひとときも離れたくないと思った。

「あの頃、付き合っていたら、続かなかったかもしれないよ」

「そうね。まだ若かったし。それにしても、もう一度電話してほしかったな。発つ前にでも」

「君にそんな気があるなんて、ぜんぜん知らなかった。僕は最初からダメモトのチャレンジだったんだ」

「でも、いいわ。あの時、付き合わなかったからこそ、今があるんだし」

「ある意味、お父さんに感謝だな」

「ほんとにもう……すごく素敵だった。夢みたいよ」

麻也子は自分から彼を求めていった。一ミリの隙間《すきま》もないほどぴたりと重なり合い、今この瞬間に大地震がきても絶対に離れないと思った。佳之と、もっともっと深く繋《つな》がりたくて、我を忘れて行為に没頭した。

麻也子は、夫や子どもに申し訳ないことをしているとは、全く感じていなかった。彼とは本来こうなるべきだったのだから、とむしろ当然のように思っていた。

夫はいい人だが、もはや異性ではなくなっているし、娘が生まれてからはセックスも一週間に一度か、もっと間隔が空くこともある。形ばかりの交わりで特に快感はなかった。でも、これくらいで浮気防止になるのなら、あえて拒絶するほどのこともないと割り切っていた。

セックスがこんなに素晴らしいものだったとは、四十近くになるまで知らなかったのだ。何という不幸な人生……麻也子は人並みに恋愛してきたつもりだったが、性に関してはひどく遅れていたのだ。皮肉なことに、浮気によって開眼してしまった。

麻也子はたちまち佳之との関係にのめりこんだ。お互い離婚して相手とやり直したいと思わなかったのは、双方とも配偶者には何の落ち度もなかったことに加え、結婚してしまったらこんな甘美な交わりは続かないとわかっていたからだ。

だからこそ、毎回毎回の逢瀬を大事に過ごしたかった。一分たりとも無駄にはできない。お互い無理をして、貴重な時間を削って会っているのだ。

最初の頃は仕事帰りに会っていたが、麻也子はそうたびたび夜の付き合いがあるとは言えないので、思いきって昼間に変えた。佳之は仕事柄オフィスより外に出ることが多いので、麻也子の勤めるクリニックが昼休みになる一時ごろから三時までの空き時間を使うことにした。

クリニックから十分も歩かない場所にラブホテルが立ち並ぶ一帯があるので、近くのコンビニで待ち合わせ、さっと入って二時間弱で出てくる。たまに午前の診療が長引いて最後の患者が帰るのが一時を回ってしまうことがあり、そうすると正味一時間しか彼といられないのだが、それでも会わないよりはましだと思った。そんな時はホテルに入らずランチだけにした。一時間かけて二人で食事ができるというだけで、何か贅沢しているような気がした。普段の逢瀬はそれほどいつも慌ただしいのだ。

佳之とホテルに行くことが前もってわかっている時は、なるべく脱ぎ着がしやすい服を選び、アクセサリー類は最小限にとどめた。彼と関係を持って以来、外見にも気を配るようになり、ダイエットも始めた。髪型も手入れが楽なパーマヘアから、流行のスタイルに変えた。

会うとすぐセックスする。セックスのために会う……そのことに抵抗がないわけではなかった。しかし、一番したいこと、を突き詰めていくと結局はそこに行きつくのだった。

「きょうは私用があるって言ってきたから、三時までに戻らなくていいの。たっぷり二時間いられるわよ」

麻也子はひんやりしたシーツに体をすべりこませながら言った。

「そう、それはよかった。じゃあ、ちょっと休憩してから続きを始めようね」

二人は部屋に入るなり、服も脱がないうちに一回戦を始めてしまい、終了した後いっしょにシャワーを浴びたところだった。

時間がない時はバスルームは未使用のままで出てくることもある。こういったホテルには、匂いのきつい石鹸やボディシャンプーが用意されていることが多く、職場に戻るのに石鹼の匂いをさせるのはまずい。それに麻也子は、彼の体の匂いをなるべく長く残していたいので、帰る前のシャワーは不要だった。

麻也子が体に巻いていたバスタオルは、たちまち彼の手によって剝《は》がされた。

「そんなに焦らないで。少しおしゃべりでもしない？」

彼の手をやんわりと遮りながら麻也子は言った。

「いいけど……何か言いたいことでもある？」

彼は少し警戒したような様子を見せたがすぐにいつもの優しい表情に戻って麻也子の顔を覗きこんだ。

「ううん、特には。ただいつも慌ただしいでしょ。何だかまるでセックスするために会ってるみたい、私たち」

「そんなことはないよ。もっとゆっくりしたいのはやまやまだけど……温泉にでも行きたいよね」

「ほんと。いっしょに泊まれたら、どんなにいいかしら」

麻也子は思わず目を閉じて想像してみた。二人で列車に乗り、遠くの鄙《ひな》びた温泉にでも行って時間を気にせずゆっくり過ごす。知らない街なら腕を組んで歩いたり、夫婦のように装うこともできるだろう。想像しているだけでわくわくしてくる。

「無理かな。一泊ぐらい何とかならない？」

「無理よ。私は主婦で母親だもの」

あえて妻とは言わなかった。

「娘さん、小四だよね。やっぱりだめかな？」

「食事や何かは父親でも世話できるけど、習い事とか塾とか、子どもも忙しいの。そういった送り迎えとか、お弁当とか、宿題とか、面倒みることが多くて」

「母親は忙しいね」

「手間だけじゃなくてお金もかかるのよ。だから仕事は辞められないの。私立中学を受験させるつもりだし」

「そうか、それは大変だな」

「お宅は？　お子さんたち、二人とも小学校？」

お互いの家族の話をすることはめったになかったが、時間に余裕があったせいか自然な流れでそうなった。

佳之の子は、幼稚園の年長と小三だったが二人とも芸能人の子も多く通う有名私立校の附属幼稚園と小学校に通っているという。麻也子はそれを聞いて少なからず驚いた。なぜなら佳之自身は小学校から大学まですべて公立だったし、子どもをそういった学校に通わせるタイプには見えなかったからだ。

「妻が……そこの出身なんだよ。下から持ち上がり。だから子どもたちも入れたがって」

佳之は少し口ごもりながら言った。また意外な事実が判明した。彼の妻はお嬢さん育ちの人なのかもしれない。そして彼の暮らしぶりは、かなり余裕がありそうだ。家庭の格差をそれとなく感じた。

「じゃあ、お子さんたちは受験とは無縁なわけね。奥さまと同じようにエスカレーターで大学まで、でしょ？」

「まだどうなるか、わからないけど」

麻也子は密着させていた彼の体から少しだけ離れると、軽くため息をついた。

「うちの子が受験終わるのって、三年近く先よ」

「いいじゃないか。楽しいことは先延ばしの方がいいよ」

物は言いようだな、と麻也子は思った。

それまでにこの関係がどうなっているのやら、見当もつかない。双方の配偶者にバレずに続けていられるのだろうか。とにかく「好き」の一念で夢中で密会を重ねてきたのだが、今初めて先のことを想像してみた。どう考えても明るい未来はないように思えた。

それでも二人は結局いつもと同じように二回セックスしてから別れたのだった。

トピック「私たちに未来はあるのか」
トピ主　マヤ

この先どうなるんだろうって、最近よく考える……。

彼のことはもちろん好き。旦那となんかくらべものにならないぐらい、好き。愛してるって断言できる。

毎日会いたいし、ずっといっしょにいたい。でもできない。

結婚もできない。お互い子どものために諦めた。

つらい……。こんなに好きなのにいっしょになれないなんて、理屈では納得していても時々すごく不条理だなって感じる。

愛情なら絶対奥さんに負けない自信あるのに。私といっしょになったら、彼、今よりもっと幸せになるはずなのに。

それでもやっぱり無理。どう考えても。

だって何の罪もない子どもたちを犠牲にはできないし……。

もしも離婚できたとしても、彼の奥さんは実家がお金持ちだから、きっと二人の子どもは手放さないと思う。そうしたら、彼は子どもたちを失うわけで……あんなに子どもを可愛がっている人を、とてつもなく不幸にしてしまう。

私が娘を連れて彼と再婚しても、娘が彼になつくとは限らないし、二人の間に子どもを作るとしたら（ものすごく欲しい！）父親のちがうきょうだいができて、複雑な家庭環境になってしまう。それをまとめていく自信、私にはない……。

いろいろシミュレーションしてみてやっぱり結婚は無理、という結論に。

それなら割り切って「今」を楽しめばいいんだと思う。刹那《せつな》的と言われようが、今が楽しければそれでいい。どちらかの配偶者にバレたらそれが別れる時、と。

でも、実際そんな簡単じゃなかった。

まだバレてはいないけど、奥さんにバレたぐらいでは私、引き下がらないと思う。

そのくらいじゃ彼のこと忘れられないもの。

だけど、私たちのデートって、ほとんどホテルに行くのがメインになってる。いつも時間がなくてバタバタしてるから、必要最小限のことをしようとすると――結局はセックス。それしか残らない。これじゃまるでセックスフレンド。

何だかただ時間と体力を浪費しているみたいに思えるんだけど……。

ああ、また愚痴になってしまった。

コメント1　アリ

必要最小限のことをしようとすると――結局はセックス。

いいじゃない。それ、ぜんぜん有り！（笑）。

愛のあるセックスぐらい気持ちいいものはないんだし。

デートして食事して少しお酒を飲んで、それからホテル——という手順を踏まなくちゃならない法なんかないんだし、お互い忙しくて時間がなければ、全部すっとばしてセックスだけっていうのＯＫだと思いますよー。

それがいちばん愛し合っている実感があるから、そうなるんでしょ？

もしも少しでも長く話していたい、とかだったらその時間ずっとお茶飲んでいてもいいと思うけど。

会ってすぐセックスして、それだけでおしまいっていうのが何となく後ろめたいのかな。でも、どういう手順を踏んでも後ろめたさは同じだと思う。結局は不倫なんだし。

二人でいちばんしたいことを楽しめばいいんじゃないですか？

それともマヤさんは他に彼としたいこと、あるのかな。

そりゃ、泊まりがけの旅行とかしたいですよね。でもそれはなかなか難しいでしょ、マヤさんの立場では。

将来のことはね……考えても仕方ない、としか言いようがない。

流れに身を任せるしかないって、前にも書いたような気がするけど。

あんまり思いつめないでくださいね。

コメント2　のぞみ

将来が不安ていうの、よくわかる。私も同じだもの。どういう別れがくるのか、想像するといてもたってもいられなくて、こんなに心配するぐらいならいっそ今、別れてしまおうか……なんて思ったことも。でもできないよね。だから、つらい。

子どもがいる同士でダブル不倫していて、双方とも離婚していっしょになったケース、知っているけど想像を絶するぐらい大変だったみたい。男性の方は結局、子どもを手放したし。それで子どもたちが幸せになるならいいけど、大人の恋愛に子どもを巻き込むのは、あまりお勧めはできないと思う。

会うとセックスばかりっていうのは、あんまり気にしなくていいんじゃないのかな。だってマヤたちは、そういう関係になるまで何年もかかったんだし、今はまだセックスに夢中になって当然。これは不倫だからとか、そういうことと関係ないこと。きっと二人は相性がいいんじゃないのかな（笑）。

そのうちに、自然にペースを落とすとか、たまには食事しておしゃべりだけとか、徐々に変わってくるんじゃない？

あまり考えすぎないで、いっしょにいる時間を精一杯楽しむ――それだけで十分だと思うけど。

コメント3　ちな

不倫している身にとって、二人の将来を想像することって、ある意味で御法度《ごはっと》なのかもしれないですね。明るい未来を予想しにくいのは事実だし。

少なくとも私の周りでは、離婚して不倫の相手と結婚したっていうケースは聞かないです。男の人って、なかなか家庭を捨てないものでしょ。子どもがいれば特に。

「大人恋」のコミュの中でもほとんど見かけないし。

だから私は考えないことにしています。現実逃避しているみたいだけど、それを言ったらこの恋愛自体が（気持ちが通わない夫婦関係からの）現実逃避なんだし。

ごめんなさい。何だか身も蓋もないような発言ですね。

でもね、私も時々ヤケになること、あるんです。

実ることのない恋愛なのに、続けて何になるの。自分が傷つくのならまだしも、私が恋愛していることで人を欺き、傷つけている……そんなリスクを負ってまで、する価値のある恋愛なのかって。常に自問自答しています。

あまり不倫向きの性格ではないのかもしれませんけど。

でも、それでも、恋してしまった。どんな大義名分があっても恋の炎は消すことができません。人を愛することは素晴らしい。まさに、生きている喜びを味わえる時……。

こんなこと、いくら書いても役にもたたないし、気休めにもなりませんね。

でも、言いたいことは、ただひとつ。悩んでいるのはマヤさんひとりじゃない、みんな同じように悩み、苦しんでいる、ということです。

コメント4　志織

マヤ、大丈夫かな……レスがないけど。

うーん、悩むよねぇ。悩んで当然、訳ありの恋なんだから。

みんな現実の世界に生きているわけだし、無欲な人なんてめったにいないから……この恋愛を続けてどうなるんだろうって考えて当然。こんなに犠牲を払ってまでする価値があるの？　醒めたらどうなるの？　って。

恋愛という魔法が解けて現実に戻ったら……はっきり言って、やっていけませんよ。

恋ってそういうものだから。

でもその魔法はなかなか解けないの。他人が解いてやることもほとんどできない。

お子さんが解くきっかけになる、ということはあるけど。

もうね、これも人生の巡り合わせ、ということでとことん彼を愛しぬいてください。

ほどほどにしておいた方が……なんて野暮なことはいいません
かつては私もひとつの恋愛に人生のすべてを賭け、多くのものを犠牲にした女です。

自分の失敗を踏まえて人にアドバイスなんて、するつもりはありません。

だって周りに何を言われても、結局決めるのは自分なんだし。

冷たいようだけどそれは本当のことだから、私たちは見守るしかないの。

ごめんね、マヤ。

コメント5　マヤ

みんな、ありがとう。

ひとつひとつのコメントを読むたびに泣いていました。

ああ、私はひとりじゃないんだ、と。

何か最近、とても涙もろくて、ちょっとしたことでもすぐに泣いてしまいます。

自分でも感情がコントロールできないというか。この間、家族でサスペンスドラマ見ていて、人妻が不倫するシーンがあったんだけど、私もう見ていられなくて思わず席を立ってしまった。不倫がテーマのドラマじゃないのに、明らかに過剰反応。

夫も私の態度が少し変だって、うすうす気づき始めている。

まずいな、と思いながらも不器用なので気持ちが隠せない。

彼の前では百パーセント「女」モード。もうね、自分でもわかるぐらいフェロモンが出ている気がする。女というより雌かもしれない。

ダイエットで痩せたのに、以前より体にメリハリがついて女っぽくなってます。

夫と子どもの前では「普通のお母さん」でいたいけど、あまりのギャップに自分でも困惑しています。

少し気持ちが落ち着いたら、また書き込みします。


「ねえ、奥さんとはどうなっているの？」

麻也子は佳之の肩先に唇を押し当てながら訊いた。彼の肩や上腕はほどよく筋肉がついて引き締まり、肌もなめらかで好きな体の部位だった。

「どうなってるって？　何が？」

離婚について質問されたと思ったのか、彼は神経質そうに眉を寄せた。

「セックスよ。あちらとも相変わらず？」

「ずいぶん突っこんだこと訊くんだな。まあ、ね、適当には……」

「お勤め程度ってこと?」

「だって全くないと疑われるじゃないか」

「私なんてもうぜんぜんって言ってもいいくらい。この前がいつだったか思い出せないわよ」

もともと頻繁ではなかったが、週一が二週に一度になり、月に一度から最近はもっと間隔が空くようになった。麻也子が拒否しているせいもあるが、夫からの要求もめっきり減っていた。どこかよそに、妻の代わりをしてくれる女がいたとしても今の麻也子には興味がないし、肉体だけの関係ならそれも許せると思っていた。

「大丈夫だよ、君と会った日にはしないから」

佳之は麻也子を見て少し笑った。

そんなの当然。できれば会う前日も、翌日も、できればずっとしないでほしい。私とだけにして……。

だが麻也子は口に出して言えなかった。

「もうひとり子どもを作るのだけは勘弁してね」

「え、もう二人いるんだよ。これ以上は作る気ないよ」

「私の知り合いがね、会社の同僚の男性と不倫していたのよ。彼は最初子どもが二人いたんだけど、いつの間にかひとり増えていたの。会社から出産お祝い金が出ているって、経理の人が言いに来てバレちゃったらしいのよ。男の人はお腹《なか》も膨らまないから、子どもが生まれても黙っていればぜんぜん気づかれないってわけ」

「ふうん、それでその彼女は彼に幻滅して別れたの？」

「最初はショックで別れるって騒いだらしいけど、結局もとに戻った。そんな簡単には別れられない」

「まあ、子どもが二人でも三人でも、彼女にとってはあんまり変わらないだろうし」

「人数の問題じゃないわ。嘘ついていたことが問題なのよ。妻とはぜんぜんしてない、君とだけだって言ってたくせに、ちゃんとアチラともすることしてたわけよ」

「弁護するわけじゃないけどさ、たまたま酒飲んで帰ってきた時か何かの勢いでしちゃって、見事に命中したなんてことも、あるかもしれない」

「心当たりあるの？」

「そうじゃないよ。でも夫婦だとどうしても警戒心が少なくなるし」

「ああ、そういうことね」

このエピソードは「大人恋」の書き込みで読んだ話だった。トピ主がまだ独身の時のことで、その相手とは一旦別れたもののまたよりを戻し、十年以上続いているという。今や彼女も結婚して一児の母なので立派なＷ不倫。男と女の関係とは、まことに不可思議なものだ。

麻也子は詳しく話すつもりだったが、彼の言った「警戒心が少なくなる」という発言が少なからずショックだったので口を閉ざした。彼は麻也子との時はとても気を遣っているのだ。でも妻との時は……それを想像しただけで胸が苦しくなってきた。

飲んで帰ってきた後、奥さんとよくするの？　と質問したいのはやまやまだったが、その結果気まずいムードが流れるのはわかりすぎるのでやめておいた。

「ねえ、私たちに子どもがいたらって、想像したことない？」

麻也子は話題を変えたつもりだった。彼の裸の胸にそっと手を置きおだやかな鼓動を感じながら訊いてみた。

「え、僕たちの子？」

「そうよ、もちろん想像上の話だけど」

「さあ、考えたことないなあ」

いかにも気のない返事だった。麻也子の空想には付き合ってくれない様子だ。

不可能とわかっていても、麻也子はつい佳之との結婚生活を想像してしまう。今の夫との味気ない暮らしとちがって、さぞ楽しく充実した日々が待っているだろう。

彼とは正真正銘の「同級生」なので何でも対等だし、何か決める時も二人で話し合える。夫のように偉そうにしたり、やたらと主導権を取りたがったりはしないはずだ。夫として、父親としての佳之を見たことがないが、その部分にもとても興味がある。

麻也子の空想の中でのファミリーは、麻也子と佳之、そして娘と、まだ見ぬ二人の間の小さな男の子。そんな家庭が持てたら……無理なことは重々承知しているが、思い浮かべるだけでも麻也子は幸せな気持ちになってくる。ただの現実逃避でしかないのかもしれないが。

「僕は、あんまりいい夫じゃないよ」

佳之がふと漏らした。何やら意味深な響きがあったが、あえて追及しなかった。

「そんなこと言ったら、私だっていい妻じゃないわ。とんでもない悪妻よ。だって、昼間からこんなことしているなんて」

麻也子は彼の裸の胸に唇を寄せ、上目づかいで見ながら言った。

「ん、そういう意味じゃなくて、君はまだ知らないことがたくさんあるんだ。僕は外面はいいけど、家ではそんなにいい人じゃないんだよ。機嫌が悪いと一日中むっつりしているし、仕事で嫌なことがあったりすると、けっこう家まで引きずるタイプだし」

「みんなそうなんじゃない？　男の人は。そういう気分をリセットして安らぐのが家庭だもの」

麻也子は精一杯の理解を示した。この女となら心底安らぐ家庭が築けると、彼に思ってほしかったのだ。

「家族から見ると、訳もなく不機嫌で八つ当たりしたりして……迷惑な男だよな」

「そういう素の自分を出せる所がないと、やっていけないわよ。私だったら、できるだけそっとしておいてあげて、様子みて美味しいものでも作るわ」

「よく出来た奥さんだね。うちは真逆だよ。僕の態度があんまり酷いと子ども連れて家出するからなあ。それでやっと我に返るんだ。ああ、悪いことしたなあって」

「じゃあ、よく釣り合いがとれているんじゃない」

彼の脛《すね》に絡めていた足をそっと離しながら麻也子は言った。

「僕、案外おおざっぱな人間なんだ。だから君みたいに繊細な神経の人だと、振り回されて参るかもしれないな。セックスだって……結婚して日常のこととなったら、もっと雑だよ」

最後の一言がぐさっと音をたてるぐらい、麻也子の敏感な部分に触れた。佳之は妻とはぞんざいなセックスをしている。しかしそれは完全に日常の行為なのだ。麻也子とは、いわばよそゆきのセックスをたまにしているわけだ。そうやって男はバランスをとり、いろいろなことに折り合いをつけながら、うまくやっているのだろう。佳之もそういった俗な男のひとりなのか……。

麻也子は密着させていた体を離して仰向けになり、無機質なグレーの天井を睨んでいた。短い沈黙の後、麻也子は体を起こしながら言った。

「さ、頑張って、いい仕事して」

佳之の体に上下に重なった後、上半身を起こし腹の上に跨《また》がって彼を見下ろした。

「早く。時間がないわよ」

さあ、奥さんとできないことをしてちょうだい！　麻也子は叫び出しそうになっていた。

第三章　男遍歴はやめて真実の愛にめざめてしまった

トピック「私の告白」
トピ主　アリ

告白します！　みんな私のことを思いっきり軽蔑してくださいっ！

こんなこと書いたら「マダムBの部屋」から追い出されるかもしれない。メンバーが千人を超えている「大人恋」にだって、私のような不埒《ふらち》な人妻はそうそういないでしょう。

みんな真剣に恋をして、死ぬほど悩んでいる人もいるっていうのに、私ときたら……。

もう本当に、ほとほと自分がいやになってます。

そう、私は刹那的な男遊びを楽しんでいるだけの愚かな人妻。

ボーイフレンドが数人いることはみんなも知っていると思うけど、実はどれも短期間で終わりにしている単なる情夫なの。

「情夫」って言葉には、それなりの趣とかイメージがあるけど、べつにそんなもの何もない、ただのオトコよ。

適当な男を見つけてそれっぽい仕草を見せれば、男なんかすぐ引っかかる。そして寝る。同じ人とはせいぜい三カ月が限度。飽きたらまた次の男に取り替えて……を繰り返しているんです。二股《ふたまた》かけていたこともあります。

夫はうすうす気づいているけど、さほどうるさくありません。自由にさせてくれる、と言えば聞こえはいいけど、もともと私にはあまり関心がない人ですから。

そんな男たちと付き合うことのメリットは……まず「女」を取り戻させてくれること。夫とはセックスレスなんです、はい。まあ、あっても盆と正月ぐらい、とか。

それを浮気の方便にするつもりはないけれど、それにしたって私の節操のなさは呆れるほど。

でもね、いくら遊んでも満たされることはないの。そんな安い男たちなんかに関わった自分が恥かしくなるし、後でひどい自己嫌悪が。本当にイヤになってくる……。

ああ、遂に書いてしまった。呆れられても仕方ない……。

コメント1　ちな

だいじょうぶよ、アリ。

ここは何でも書いていい秘密のコミュニティだし、読めるのは五人だけなんだから。気のすむまで書いちゃっていいです。

それにしても、アリは勇気あるね。自分から告白するなんてすごいことです。偉いっ。ふざけているんじゃないのよ。だって本当にそう思ったから。

アリがしたことが「あやまち」かどうかなんて、私には言えません。ただ大事なのは、やってしまったことを反省して次に役立てることじゃないでしょうか。

アリは自分から「これじゃいけない」と気づき、やめようとしているでしょ。それだけでも成長した証拠だし、「良くないこと」も何かしら役立ったんじゃないのかな。本当に愚かな人は、それにさえ気づかないと思うの。

あんまり自分を責めないでください。アリにはいつかきっと、必ず「本命の彼」ができると思うから。それまでどうか……自分を大事にしてくださいね。

コメント2　マヤ

わあ、すごいな。そんなにひっきりなしにオトコが途切れないって、私には一生縁がないことだから、逆に興味があったりして（笑）。

アリは見つめるだけで相手を落とせちゃうんだよね。

オフ会で初めて会った時、私びっくりしたのよ。ネットだから顔を知らずにやりとりしてたけど、こんなにきれいな人でも悩みがあるのかって。

ああ、次に生まれてくる時は、そんな魅力的な女性になってみたい。きっと人生観がぜんぜんちがってくるんだろうなあ。

私はね、アリの正直なところが好き……。

これだけ美人で正直な人って、そう多くはないと思うの。べつに美人がみんな性格悪いというわけじゃないけど、ちやほやされるからどうしても自分中心になるよね。悪いのはみんな人のせい、みたいな。

普通の人でも、自分のしたことに対して何だかんだと言い訳したくなるのに、アリは素直に反省してる。けっこう内省的な人なんだなって、思った。

そういうアリのこと、何もかもわかってくれる人がいつか現れるといいね。

ていうか、それは旦那さんなんじゃないかと思うんだけど、ちがう？

アリは意識していなくても、実は夫の大きな愛に包まれている……とか？

コメント3　のぞみ

私、ちょっとわかる気がする。何かもうムチャクチャしてみたいっていう気分。

残念ながら、私はぜんぜんモテないタイプだから、アリみたいに途切れなく次々と相手が……なんてことはないけどね。

一度うんざりするほど遊んでみるのも、長い人生の中ではあっていいかもしれない。

いいなあ、私なんかしたくてもできないもの。

ただね、世の中いろいろな男、つまり悪い男もいっぱいいるから、それだけは気をつけて。まあ、いくらなんでも相手は選んでいるとは思うけど。

万が一だけど、アリだけじゃなくて、旦那さまにまで迷惑がかかるようなことがあったら大変だから。

そのほかはもう、大人の自己責任だから、私がとやかく言う立場にはないけど。

冷たいように聞こえたら、ごめんね……。

だけどほんと、ここは何でも書いていいんだから、懺悔《ざんげ》したくなったらそれもいいと思います。

コメント4　アリ

みんなありがとう。

こんなバカな書き込みにも丁寧に答えてくれて感謝してます。

本当に呆れた女でしょ。人妻で、子どももいなくて経済的にも困っていないんだから、ボランティアでもやればいいのに、私ったらどこまでも愚か者……。

∨ちな

千奈津さんは本当に優しい人。いつも相手のいいところを見ようとしてる。ひねくれ者の私は見習わなくちゃ、ていつも思っているけど、なかなかできないの。私みたいな女にも、いつか本命の彼ができるかしら。

最後に本気で恋愛したのっていつだっただろう。今の夫とは熱い恋愛って感じじゃなくて、条件が折り合ったから結婚したようなものだし。

いつか、胸を焦がすような相手が現れるよう祈ってます。

∨マヤ

そんな魅力なんかないのよ、私。ルックスに関しては、けっこう気をつけるようにしているし、ある程度はお金もかけているけどね。

でも、見た目でつられる男なんかたいしたことないってわかってる。

うちの旦那はね、確かに「大きな愛」で私を包んでいるかもしれない。

でもあまりにもいっしょにいる時間が少なくて……お金持ちの親戚のおじさんの家に

居候している、みたいな感覚になることあるのよ。わかるかなぁ。

もしまた結婚することがあったら、経済的なことなどどうでもいいから、普通の家庭がいいです。普通の夫婦に憧れます。

>のぞみ
それがね、こんなムチャやってるのに、「遊んだー」っていう実感がないの。

結局は暇つぶしだった、みたいなむなしさがこみ上げてきて……。

暇があるからいけないのよね。

せめて夫の迷惑にはならないようにしなくちゃ、ね。

うん、一度ちょっとヤバそうな相手だったことがあって、それからすごく気をつけるようにしているの。絶対に自宅とか教えないし、名前も伏せたり仮名にしたり、よ。

なんかまるでドラマみたいでしょ。でももう飽きたの。

もっと大人にならなくちゃね。

コメント5　志織

いやあ、本当にドラマみたいだね、アリ。

何かまるで、三島由紀夫の小説に出てくる美しい有閑マダム、を連想してしまった。

読んだことあるかどうかわからないけど、ある意味とっても魅力的なのよ、美しくて退廃的で。機会があったら読んでみて『肉体の学校』とか『鏡子の家』とか。

それはさておき、アリが自分で気づいたのだから、もうそれ以上のことは言わない。

もとより道徳をふりかざす気もないし。

だってここは「マダムBの部屋」、やくざな女たちが出入りする場所よ（笑）。

だけど男遊びもほどほどにしておかないとね。冗談じゃすまないことになってしまうから。

アリはやっぱり、今の旦那さんとは離婚しない方がいいと思うのよ。

だからバレないように、適当にうまくやってください。

こんなことぐらいしか言えなくてごめん……。

市村《いちむら》亜里は、夫が仕事に出かけてしまう九時過ぎになると、途端にすることがなくなってしまう。掃除や片づけなどの家事は、家事代行業者が週に三回やって来てくれる。間の日にも掃除すればいいのだろうが、広い一軒家はぴかぴかに磨きあげようとしたらキリがないし、プロに任せた方が要領もいい。

洗濯だけは、下着や衣服を他人に触られたくないので自分でするのだが、面倒なアイロンがけはやってもらうし、夫の服はほとんどクリーニング店だ。

最初のうちは食事の支度も頼んでいたが、夫が家で食事をとるのは日曜日ぐらいだし、たまの休みは外食することが多いので頼まなくなってしまった。亜里ひとりの食事は自分で作るが、夕飯は外食か買ってきたもので済ませてしまう。

夫の年収がどのくらいなのか詳しくは知らないが、とりあえず不自由はしていない。しかし子どもがいない三十五歳専業主婦である亜里の生活は、同じ年ごろの平均的な主婦から見れば呆れるほど贅沢だ。

初めは羨望《せんぼう》の眼差《まなざ》しで見られることはあっても、やがて「楽ばかりしていると人間ダメになる」とか「子どもがいる幸せはお金に替えられない」とかだれもが否定的、かつ哀れみを含んだ目で見るようになる。ほとんどがやっかみなので気にしないようにしているが、最も耐え難いのは「夫の財力と社会的地位がなければ、何もない空っぽな女」とキャリア思考の独身女性が決めつけて見る蔑《さげす》みの視線だ。

十四歳年上の夫と結婚して十年近くになるが、結婚当時夫は今ほどリッチではなかったし、ただの個人経営の会社社長だった。ＩＴ産業の繁栄と、仕事上での優秀なパートナーを得たことで会社が急成長したというだけだ。それもいつまで続くかわからない。

夫の仕事のことはよくわからないし、付き合いも苦手なのでどうしても出席しなければならない時以外、パーティー等にも顔を出さない。社交はもっぱら専務である美《み》智《ち》代《よ》という女性に任せているので、彼女が奥さんと思いこんでいる人たちもたくさんいる。

夫と美智代の関係は複雑だ。二人は大学の先輩後輩の間柄で四、五年の間付き合っていたが、お互いに若かったので結婚には至らなかった。しかし別れた後も、つかず離れずの関係は続いていたようだ。お互いに別の恋人を持ちながら、時々会って近況を報告し合うような奇妙な関係だ。

やがて夫はひとりの女性と結婚するが、僅か三年で先立たれてしまう。美智代もその間に結婚して子どもをひとり設けるが、数年で離婚してしまった。美智代の生活を助けるために、夫は仕事に誘ったのだが彼女の持ち前のビジネスセンスで会社はみるみるうちに業績を伸ばしていった。

亜里はすべて承知の上で十年前に夫と結婚した。美智代は仕事上の良きパートナーではあっても、妻には選ばれなかった女だ。自分より遥かに長い付き合いがあり、また一日の大半を夫のそばで仕事しているとはいえ、美智代に嫉妬の念を抱くことはなかった。もとより亜里はジェラシーという感情がよくわからなかったのだ。

亜里は、自身の容姿を飛び抜けて美しいとは特に思わないが、生まれ持った素材を生かし、最大限きれいに見せる方法はよく知っているつもりだ。欠点は目立たないように、長所は精一杯生かしてアピールする。自分をきれいに見せる努力には手を抜かないし、常に人から見られていることを意識している。その反動か、家でひとりでいる時は一日中パジャマで過ごすこともあるほど。

しかし、世の中には実力を出しきっていない女性が何と多いことか……。美智代もそのひとりだった。化粧は最低限、いつもひっつめ髪に紺かグレー系の地味なスーツを着て、年齢より五歳ぐらい老けて見える。どうかすると夫より年上に見えることもある。そんな彼女に、どうして亜里が嫉妬するだろう。

以前、会社の創立十周年パーティーに、深紅のカクテルドレスを着て久しぶりに出席したところ、あたりからさーっと人が引いたほどの艶《あで》やかさだった。社長の奥さんは女優かモデルか、と囁《ささや》く声が耳に入った。亜里は精一杯、にこやかに愛想を振りまいたが、所詮は夫の横に並んでいる飾り物で、美智代のようにマイクの前でスピーチすることもない。その日の美智代は和服だったが、上等な着物も地味すぎて高級旅館の仲居さんのように見えた。

亜里は、その場にいた中年や老年の男たちから、粘つくような視線をたっぷりと浴びた。優美に剝《む》き出した肩や腕、ぎりぎりまでカットされた胸のライン、くびれたウエストや優雅な腰の曲線に、男たちの目は釘づけだった。

愛想笑いで顔がこわばりそうになり、勧められるままシャンパンの杯を重ね、ピンヒールで歩きまわったおかげでパーティーの終了前には疲労困憊《こんぱい》していた。空いたグラスを下げにきた若いウエイターが「コーヒーでもお持ちしましょうか？」と小さく尋ねた。

　まさにぴったりのタイミングだった。疲れてこめかみが痛み始めた頃にコーヒーを飲むと効くのだ。

「コーヒー、お願いするわ。どこか静かなところで飲めないかしら」

　ドレス姿の亜里は目立ちすぎて、歩いているとあちこちから声がかかって息もつけない。

「ではあちらに」

　彼はバーカウンターの端を指さした。そこは柱の陰になっている死角だった。

　亜里は座って運ばれてきたコーヒーを飲んだ。ウエイターは細く長い、繊細な指をしていて少し陰のある眼差しで亜里を見つめた。

「あら、ここは煙草が吸えるのね」

「はい」

　彼は早くも灰皿に手を伸ばしたが、亜里は断った。

「いいの、今、煙草持ってないから。普段はほとんど吸わないのよ」

「あの、これならありますけど、もしよかったら……どうぞ」

彼は自分のポケットからラッキーストライクを取り出して遠慮っぽく勧めた。端整な顔だちが少しだけ崩れて照れたように笑った。ウエイターの制服をぴしりと着ているが、どうにも似合っていないし、仕事ぶりも板についているとは言い難い。

「じゃあ、一本だけいただくわ。ありがとう」

ジッポーで火を点《つ》けてもらう時に、顔が近づいた。彼の髪の匂いが鼻をくすぐり、そのまま唇を重ねたい衝動にかられた。

「アルバイト？」

「はい、ここは一カ月前からです」

「本業は何？　あるんでしょ。それとも学生？」

「俳優です。ぜんぜん売れてませんけど」

「いくつ？」

「二十三歳です」

「……ここに、携帯の番号を教えて」

亜里はゴールドのパーティー用バッグから素早く携帯を取り出し、彼の目の前に差し出した。彼は少しも躊躇《ちゅうちょ》せず、番号を打ち込んでからさっと返した。

「もういいわ。行って……」

彼は表情を変えることもなく、軽く一礼してから直《ただ》ちに踵《きびす》を返した。スリムだがしっかりと筋肉のついていそうな後ろ姿を見つめながら、亜里は深く煙を吸いこんだ。

今では名字も思い出せない十歳近く年下のボーイフレンドと「遊んだ」のが始まりだった。俳優志望のウエイターとは、三カ月ぐらい付き合った。

あまりあからさまなのも品がないかと、最初のうちは映画を見たりショッピングに付き合わせたりしていたが、そのうち前菜は飛ばしていきなりメイン料理に入るようになった。ホテルの近くのカフェで待ち合わせ、部屋をとって入る。

亜里は彼とのセックスに溺れた。乾いていた心と体にたっぷりと水が注がれたように潤い、久々にみずみずしさを取り戻したようだった。

多忙な夫とは、同じベッドに入っている時間が短すぎてタイミングが合わないし、性に淡泊な夫との行為には興味もなくなってしまった。亜里のような人妻が、三十過ぎにして早くもセックスレスとはだれも気づかないだろう。どんなに人目を惹く美人であっても、夫にさえ抱かれることのない乾ききった女と知られることは、何よりも屈辱だと思っていた。

当時はまだ若い男との遊び方がよくわからなかったので、多少ぎこちなくはあったが、彼はルックスが良いので連れて歩くには何の支障もなかった。さすがに金銭を渡すのは、彼のプライドを傷つけるかもしれないと、買い物に付き合ってくれたお礼に服をプレゼントしたり食事を奢《おご》ったりした。

しかし、そのウエイターとは短い期間で終わった。ベッドでは活気づくが、それ以外に何の共通点もなく、かといって美容室で働く男たちのように世間話が上手くもなく、面と向かって気まずい思いをすることがしばしばだった。セックスに関しても、亜里に奉仕していることが明らかで次第に興味を失った。

亜里の男行脚《あんぎゃ》が始まったのはそれからだった。その気になれば面白いほど男が釣れるとわかってからは、片っ端から誘いをかけた。「誘う」という明確な行動を取らなくても、素振りを見せるだけで十分だった。

ブティックや飲食店の従業員からスポーツクラブのインストラクター、ヘアサロンのアシスタント、歯科助手など若い男ばかり狙ったのは、独身であることと捨てても深追いされることなく罪悪感も少なくてすむからだ。

亜里は憑かれたように次々と男を変えていった。ひとりに執着しそうになったり、相手が本気な素振りを見せたりしたらすぐに別れる、というきまりを作っていた。

二股かけていたような時期もあり、一日二日家に帰らないこともしばしばあった。普段は亜里の言動にめったに口を出さない夫から、珍しくたしなめられた。夫とは離婚しないと決めているのだから、やはりルールは守らなければならない。

しかし、そんな亜里の男遍歴もそう長くは続かなかった。短い付き合いを繰り返しても得るものは少なく、性の快感も一時的な相手とは深まらないとわかったからだ。

次に何をしようか、趣味のひとつも持つのも悪くはないと、以前から得意だったダンスをまた始めてみようと、フラメンコを習いに行くことにした。

ダンスは性に合っているようで、たちまち熱中した。久しぶりに体を動かし汗を流して発散すると、夫との味気ない生活もさほど気にならなくなった。週二回のレッスンが楽しみになり、もう少し上達したら短期でスペインに舞踏留学することも視野に入れ始めた。夫に相談すると、「お前さんの熱中ぶりがそれまで続けばね」と笑いとばされた。悔しいので意地でも続けてやる、と決意を固めた……ちょうどその頃のことだ。

フラメンコの仲間たちと訪れたスペイン料理店で、亜里は運命的な出会いをしたのだ。山根篤《やまねあつし》はその店の店長だった。

そこはフラメンコのショーも行っていて、講師の教え子が出演するというので何度か出かけて行った。グループで訪れた後、ランチタイムにひとりで行った時のことだ。山根は亜里のことを覚えていて、カウンターでひとり食事をしていた亜里に話しかけてきたのだ。

「レッスンの帰りですか。そのうちに、ぜひ店で踊ってくださいよ」

「そんな。私なんかまだまだです。いつもいっしょに来る仲間の中で、私がいちばんヘタなんです。キャリアも短いし」

「でもいちばん素敵ですよ。衣装が似合いそうだなあ」

それはただのセールストークに思えたので、亜里は小さく微笑《ほほえ》んで返しただけだった。

「もうすぐランチタイムが終わります。時間ありますか？　よかったら、通りの向かいの路地の奥まったところにカフェがあるので、そこで待っていてくれませんか？」

あまりに突然の誘いだったので、まるで不意打ちをくらったように反射的に「はい」と返事をしてしまった。

白いシャツから香るムスク系のコロンに、くらっとしてしまったのも事実だが。

その後、山根はカウンターを離れて忙しく立ち働いた。亜里はゆっくりと食事を済ませてから、最後のひとりになる前に会計を済ませて店を出た。その間、彼とは一度も口をきかなかった。

カフェでひとり待ちながら、本当に彼が来るのか少し不安になった。男との待ち合わせでこんなにそわそわしたのは実に久しぶりだ。ここのところずっと、亜里が相手を待たせることの方が圧倒的に多かったからだ。

「すいません、遅くなって。これでも超特急で来たんだけど」

彼は亜里の前にさっとやって来て、するりと椅子に座りこんだ。実にスマートな身のこなしで焦ってやって来た感じはまるでなかった。

「いいんです。私、急いでいないし」

「いいなあ、世の中みんなあくせくして忙しがっているのに、あなたは優雅だ」

「暇なだけです」

「いいじゃないですか。忙しいことは恥かしいことだって、うちのじいさんが言ってたの思い出しますよ」

「素晴らしいおじいさまだわ」

「はは、我が道を行く、の人でした。僕も血を受け継いでいるかもしれないな」

会話の入り方がとてもスムーズで、話題が豊富そうだなと亜里はすぐに感じた。このところ、中身のある会話が楽しめる相手など皆無だった。へたに話をするとうんざりしてくるので、さっさとベッドインするというパターンが多かっただけに期待が高まった。

山根は、パストラミのサンドウィッチとたっぷりのカフェオレで昼食をとりながら、一時間あまり亜里とおしゃべりした。話題はスペインのことから、最近読んだ本や、街の話題、人生についてまで多岐にわたった。一対一で会うのは初めての相手と、ここまで深く話しこんだのは今までに一度もなかったと思った。

男たちは亜里の容姿や服の着こなしや持ち物を褒めることはあっても、内面的な話を振ってくることはないし、世間話に毛の生えたような退屈な会話しかしなかった。

セックスが目的の異性に、会話の中身など期待するのはまちがっていたのか、それすら考えたこともなかった。

「いやあ、楽しかった。また会ってくれますか？」

あまりの直接的な申し出に亜里は少したじろいだが、とびきりの笑顔で頷くのを忘れなかった。

次の定休日、昼間は用事があるので夕方から会いましょうと、時間と場所を指定された。押しつけがましくなく、それでいてしっかりリードをとってくれる態度にも好感が持てた。場所や時間に関しても全く問題はなかった。

別れてしばらくしてから気づいたのだが、まだ彼と携帯の番号やメアドも交換していなかった。そんなことを思いつく暇もないほど時間は瞬く間に過ぎていたのだ。


初めてのデートの夜に、亜里は山根篤が妻帯者であることを知った。

彼は特に隠す様子もなく、普通の会話の中でさらりと「カミさんや子どもたち」という言葉を使ったのだ。

亜里は瞬間的に視界が真っ白になり、数秒間は意識が途絶えたかと思うほどのショックを受けた。今までの男たちと同様、当然のように彼も独身と思いこんでいた自分が愚かしかった。年齢は亜里より五歳上なのだから、結婚していて子どももいる方が自然なぐらいだ。彼と自分の間に、どさっと音をたてて幕が下りたような気がした。

ああ、せっかくまともに付き合える相手が見つかったというのに。妻子持ちだったなんて……。

しかし考えてみれば、亜里自身も夫がいる身なのだ。彼にとっては独身の若い女より誘いやすかったのかもしれない。少なくとも罪を感じないでいられるのだし。

亜里は中座してトイレに立った。動揺していることを悟られたくなかったし、心を落ち着けるためにひとりになって深呼吸したかったのだ。化粧室の鏡を見ると、美しくメイクをほどこし、いつもより一段と輝いている自分の姿がそこにあった。涙が一粒だけこぼれたが、あとは必死でくい止めた。

軽くパウダーをはたきマスカラをチェックしてから、また元の笑顔で席に戻った。今回は例外だ。妻帯者ということで条件からははずれるが、山根のことはどうしても諦めたくなかった。

食事のあと軽く飲んで、瞬く間に時間が過ぎていった。会話が一段落して時間的にもそろそろという頃、亜里は思いきって自分から口火を切った。

「私べつに、何時までに帰らなくちゃならないということはぜんぜんないの。不良主婦だから」

少し含んだ笑みを浮かべながらつぶやくように言うと、山根は少し意外そうな顔をしたがすぐに椅子から立ち上がった。

「じゃあ、いいんだね」

「ええ」

弾かれたように亜里も立ち上がった。

初デートでホテルに行ったことは過去にも経験があるが、それは単に途中経過を飛ばしたいぐらい退屈な相手だったからだ。今回は違う。亜里は、彼と深く繋がりたいという欲求が猛烈に湧いてきたのだ。こんなことは生まれて初めてといってもいいかもしれない。性交渉を持つことで彼をより深く広く知りたいと心底感じたのだ。

亜里は実に久しぶりに、心が震え出すような性の歓喜に酔いしれた。

たいていの男たちは、部屋に入ると性急に服を脱がせたがったり、すぐにのしかかってきたりするものだが（もっともその方が都合がいい場合もある）、山根はまず亜里の瞳をじっと覗きこんだ。そして、もう言葉はいらないと言わんばかりに、唇を重ねてきた。

スマートだが熱く心のこもったキスだった。唇を離した後も、亜里の体をしっかりときつく抱いた。ここまででもう、亜里はとろけてしまいそうになった。彼が腕の力を緩めた瞬間、膝の力がすっかり抜けてしまい、床にへたりこみそうになってしまった。すかさず彼が手を貸して引き上げ、そのまま軽々と抱えてベッドに運んだ。亜里はされるまま、彼にすべてを投げ出した。

まるで十五歳の小娘のような恥じらいをもって、彼を受け入れた。本当に愛する相手と結ばれるというのはこういうことだったかと、あたかも初体験のような思いを抱きつつ……。

山根は決して性急になることなく、亜里の震える心と体をゆっくりと溶かしていった。まさに「愛撫《あいぶ》」という言葉が適切な愛に満ちたその行為は、手慣れた色男風では決してなく、彼自身も少年のような初々しさで臨んでいることが感じられた。

亜里は、彼が入ってきた瞬間にすでに達していた。上りつめるだけ上りつめて後は急降下ではなく、ずっと頂点が持続しているというのも初めての経験だった。そのまま二人で天国まで行ってしまってもいい、今ここで死ねと言われても二人いっしょなら喜んで受け入れようと思ったほどだ。

他の男たちにしてきたように、自分を鼓舞するために大袈裟に反応したり、わざと下品な仕草や言葉を少しだけ使ってみたり、といったつまらない技巧は一切不要だった。そんな小技が必要なセックスとは何だったのか、全く無意味なものに思えてならなかった。

行為は体力の続く限り深く長く続いた。最後、亜里は死んだようにぐったりしてしまったが、至福の時を過ごした余韻に浸りながら肌は薔薇《ばら》色に輝いていた。

「とてもきれいだよ。まるで女神だ」

「……まだ生きてたのね。もう天国にきたかと思った」

亜里と山根はどちらからともなく手を取り合った。二人の間には何者も入りこめないほどきつく抱き合い、亜里の華奢《きゃしゃ》な体は彼にすっぽりと包みこまれた。このまま時間が永遠に止まればいいと思った。彼の体温をしっかりと感じながら、亜里は短いまどろみの中、どんな障害があろうと彼とは別れないと決意を固めていた。

明け方近くになってようやく家に帰ってきた亜里は、足音をしのばせながら夫の部屋の前を通り、自室に入った。

すぐにシャワーを浴びる気になれなかったのは、彼の体の匂いをもうしばらく感じていたいからだ。どのみち夫に抱かれることはないのだから、バレることもない。

ベッドに直行せずパソコンを開いた。体は疲れているが嫌な疲労ではなかったし、ベッドに入っても眠れないことはわかりきっていたからだ。


トピック「ああ、私としたことが……」

トピ主　アリ
もう、最近の私って、おかしくなってるみたい。

みんなから言わせればきっと、「そんなの前からでしょ」てことになるんだろうけど、とにかく何をやっていても集中しないし、あれほど打ちこんでいたフラメンコもあんまり気が乗らなくてサボりがち。

私が飽きっぽい性格なのは、みんなも知っての通りだけど、今度はそういうこととは根本的にちがうの。

この二年近く、男遍歴を続けてきたけど、ついに終息する時がきたみたい。まるで欲求不満の有閑マダムだった私だけど、これからは恋に生きる女に変身よ。だってやっと「本物の男」を見つけたんだもの。

もう絶対に逃がさない。それなのに今度の彼には妻子がいる。ガーン。

私がオトコと付き合う時のモットーは
　同じ人と長く付き合わない
　妻子持ちは除外する
　夫と比べない

今までは絶対に避けてきたし、避けられたのに、今回にかぎってどうして？　自分でもわからない。

とにかく好きになったらもう歯止めがきかなくなっていた。

あー、本当に不倫しているんだなぁ、私……ていう感じ。

これまでだって、私が結婚しているんだから不倫には変わりないんだけど。

今回は相手に奥さんがいるから、少しばかり（いや、とっても）心穏やかではない。

何で私が妻子持ちを避けてきたか知ってる？

理由はね、嫉妬したくないからなの。

相手から嫉妬されても、自分は絶対に嫉妬したくない。なぜなら、私が猛烈に嫉妬深い女だから。

つらいのよ。嫉妬のパワーって、まさしく負のパワーでしょ。

私はラブ・アフェアに燃える女だけど、同様にジェラシーもすごいの。

息をするのも苦しくなるくらい。これじゃ、身がもたない。

でも、絶対に別れたくないんだ……。

この人とは長くなるかもしれないって、最初の時に感じた。

今までは、私のすべてを許してくれる夫のことは別格と思ってきたけど、初めて夫から逃れたいと思ったの。

私、やっぱり本気、みたい……。

コメント1　のぞみ

わあ、アリが本気になった――。

すごい、すごいよ！

べつにからかっているわけじゃないからね。

いやあ、それはまさしく本物の「恋」にまちがいない。おめでとう！

セクシーでモテモテのアリちゃんが、これまでいろいろな男性と浮き名を流してきたのは知っているけど、そうか、遂にきたか。

恋って、つらいよね。心がひりひりしてくる。

嫉妬はあって当然。これもつらいけど、恋愛には付きものの感情だと思う。

彼のことが心から好きだからこそ、独占したくなるのよね。

奥さんのところに帰って行く彼の後ろ姿を見送る時なんて、たまらない気持ちになってくる。家が燃えちゃえばいいんだ！　なんて考えたこともあるのよ、私。

でも、その何倍もの喜びがあるから、愛し続けられるんだよね。

心から好きな人ができると、夫のことが目障りっていうか、存在そのものがうっとうしく感じるものだけど……でもアリちゃんの旦那さんのようによく出来た人はめったにいないから、できるだけ頑張ってバレないようにした方がいいでしょう。私ができるアドバイスなんて、こんなもの。

どうかめいっぱい、彼のこと愛してください。後悔のないように……。

コメント2　ちな

よかったね、アリにも遂に意中の人ができたんだ。

いえ、今までにもたくさんボーイフレンドがいたのは知ってたけど、どの人もみんな割りと短い期間で終わっていたし、そんなに真剣ではなかったでしょ。

探し求めていた人がようやく現れたっていう感じなのかな。

アリちゃんは、きれいでスタイルも抜群で、流行の服を素敵に着こなせて……男たちが放っておかないのも当然。

結婚してからの方が以前よりモテるって言ってたでしょ。危険な人妻だなあ、でも格好いいなあって、密かにうらやましく思っていたのよ。

勝負下着はいつも黒って言ってたよね……ふうん、そうなんだ。私はそういうの、ひとつも持ってないから、憧れつつ自分とは無縁の世界と思ってた。

でも今のアリちゃんは、まるで恋したばかりの若い娘みたいに初々しい感じね。

「情事」じゃなくて「恋愛」っていいものでしょ。

私たち既婚者の立場だと、つらいことも多いしその割りに実りは少ないかもしれない。

トラブルも、障害も多い恋愛よね。

でも、あえて燃えさかる火の中に飛び込んでいきたい気持ち、よくわかる。

応援してるね！

コメント3　マヤ

アリったら、何だかまるで別人みたい。

オトコを次々に手玉に取る悪女はどこにいっちゃったの？

超クールで、黒いランジェリーとピンヒールが似合ういけない人妻……それが私がアリと会った時の第一印象だった（笑）。

でも話してみたら案外ベタなところもあったりで、さっぱりした口調やきびきびした物腰が好感の持てる……意外に男っぽい性格だよね。

それが今のアリは「女」そのもの。もしかして、自分の変化に戸惑ってない？

小さいことにくよくよ悩んでみたり、彼の言ったほんの一言がすごく気になったりつくづく恋愛って割りに合わないと思う。特に人妻の恋は失うものが多くて……。

ああ、コメントが後ろ向きになってしまった。

今まで旦那さんはアリにとって絶対的な存在だったけど……ひょっとして離婚も視野に入れてたりするの？　でもそれだけは慎重になった方がいいと思う。

私たちの恋愛はやっぱり、結婚している安心感の上に成り立っていると思うの。

アリが独身だったとしても、彼のことを好きになったかもしれないけど、でももしかしたら彼は「人妻のアリ」に惚れたのかもしれないし。

ごめんね、何だか否定的なこと書いちゃって。

でも、あんなにクールでカッコいいアリが、傷つくのは見ていられない。

また報告してね。待ってます。

コメント4　アリ

みんな早々にコメ、ありがとう。

確かに私、今の自分に戸惑っています。

ひとりの男にこんなに振り回されるなんて、今まで経験したことないし、ジェラシーも同様。嫉妬されることはあっても、感じたことはあまりなかった。

彼の奥さん（子どもも含めて家庭そのもの）に、妬《や》いている自分がつくづく嫌になってくる。だって彼らには何の落ち度もないのに、見ず知らずの私にこんなにも恨まれるなんて……。

それでも彼のこと、考えずにいられないの。

実は離婚のこと、ちらっと考えたんだけどうまく頭が働かないっていうか、具体的に思い浮かばないの、離婚した自分の姿が。

生活設計や何やら想像しただけでやっかいだし、今はとにかく頭の中が彼のことでいっぱい。恋愛ボケしていて思考回路がまともに働かない感じ。

とりあえず夫にバレなければいいな、と。

これまでもいっぱい男はいて、夫にバレることもあったけど、そのたびに許してもらってきた。でも今までの男たちと、私の思いがちがうことに夫はすぐ気がつくと思う。

だからバレたくないし、私も必死で隠そうと努力している。

でもそういった器用なことがなかなかできないので、本当は一時的にでもひとり暮らしがしたい。

離婚しなくても、家出は考えているところ。

すごくムシがいいっていうか……私のわがままぶりには、みんなもう呆れ果てていると思うけど。でもとにかく今は彼のことに集中したいの。

頭の先からつま先まで、どっぷり恋愛に浸りきっているいけない人妻です……。

コメント5　志織

アリの彼って、よっぽどいい男なんだね。

だって、男には全く不自由していないアリが、こんなにもメロメロになっているんだもの。

恋愛も、麻疹《はしか》とかインフルエンザと同じで、熱がかーっと上がる時はいろいろな痛みが伴うもの。頭がぼうっとしたり、体のあちこちが痛かったり、だるかったり。

だからね、今は正気じゃないんだと思って、あまり大事な決断はしない方がいい。

家出を計画中なの？　二、三日留守するぐらいならいいけど、あんまり長いこと家を空けない方がいいんじゃないかな。

いくらアリの旦那さんが寛容な人でも、疑われるようなことはやめた方がいいと思うよ。離婚も考えているって、まさか本気じゃないでしょ。

どれほど彼に惚れているか知らないけど、今の旦那さんみたいな人はそうそう見つかるかどうか……。ここは大人になって、冷静に判断した方がいいと思う。

まあ、恋愛中って冷静になれないものだけどね。

私は——人妻だったけどすべてを捨てて恋人の元へ飛びこむつもりが、お互いに離婚してひとりになってみたら、何かだんだん興味が薄れてきちゃって。

確かに、しがらみがあるからこそ恋は燃える。でもだれかが上に書いていたように、だれかの妻であること、夫であることも、その人の魅力のうちなわけね。

もちろん、独身の時からアリは素敵な女性だったと思うけど——結婚しているという事実もアリの中の大事な要素なわけ。それは忘れないでほしい。

私の場合は、恋人が出現していなかったとしても、いずれは夫と離婚していたと思うけど、でもアリには早まった決断はしてほしくないんだよね。

余計なお世話と思われても、それだけは言っておきたかったので……。

三年近く男遍歴を続けてきた亜里だが、ついに終息する時がきたようだ。

まるで欲求不満の有閑マダムのような自堕落な生活を営んできたが、これからは恋に生きる女に変身だ。

やっと「本物の男」を見つけたのだ。その喜びは何事にも代えがたいが、代わりに嫉妬というやっかいな代物もしょいこんでしまった。たとえれば、恋の炎が真っ赤に燃えさかる火とすれば、嫉妬は低温だが青く、しかし大きく伸びる冷たい炎だ。身悶《みもだ》えするようなマイナスのエネルギーを注がなければならないのは身を切られるようにつらい。だが亜里は、その渦中に自ら飛びこんでしまったのだ。

ある日、いつものように亜里は山根の店にランチを食べに寄った。そこへ行きさえすれば彼に会えるので日参したいぐらいだが、従業員の目があるし彼の迷惑になっても悪いので週に一度にとどめておいた。亜里がこのように相手を気遣って行動することさえ、珍しいのだが。

ランチタイムは二時までだが、亜里はいつも一時半を回った頃に入店していた。店が一旦閉まるタイミングに合わせているのだ。事前に連絡してから行く場合は、山根は自分の休憩時間を合わせて、近くのカフェに待たせておいた亜里と合流することができた。しかし突然いてもたってもいられなくなり、急に店に行くことがあった。そんな時はろくに言葉も交わせないが、それでも彼の顔を見られるだけで満足だった。

その日も亜里は、朝からそわそわしてどうにも我慢できず一時過ぎに家を出た。タクシーの中で、これから行くとメールを送ったが、ランチタイムで忙しい彼はおそらくチェックする暇もないだろう。

亜里はランチのオーダーストップ十五分前にようやく店に着いた。おしぼりとグラスの水を運んできた女性の従業員がすまなそうに、三種類のランチのうち二種類はもう終わってしまったと告げた。もとより亜里は、食べることが目的ではないのでランチの種類など何でもよかった。

「お待たせしました」

ランチを運んできたのは山根だった。

「メール、見た？」

亜里は小さな声で訊いた。

「いや」

「急で悪かったわ。時間、ある？」

「ごめん。きょうはダメだ」

「夜でもいいけど」

「悪いけど……」

山根はそそくさとその場を立ち去った。従業員に疑いの目で見られているのかもしれないので、亜里もそれ以上引き留めなかった。

「あなた、予約の電話がかかってきてるんだけど。あしたの夜、七時から八人って大丈夫？」

亜里におしぼりと水を運んできた女性が山根に声をかけた。

「ああ、あしたは団体は入ってないから大丈夫だよ」

山根は亜里の方には背中を向けたままで答えた。その短いやりとりで、二人が夫婦だということがわかってしまった。彼女は妻なのだ。先ほどの彼の素っ気ない態度も納得ができる。

亜里はランチを二口か三口食べただけで、手が止まってしまった。彼の妻と遭遇してしまい、すっかり頭に血が上って心臓も高鳴っている。

「そろそろ、ランチ終了しましたって札を出してこなくちゃね」

「あ、奥さん、いいですよ。僕が出してきますから」

きびきびと立ち働いていたウエイターの男が彼女に声をかけた。「奥さん」という何気ない一言が亜里の胸に鋭く突き刺さる。

山根を見たが亜里の視線には全く気づかないふりをして接客していた。

怪しまれるといけないので無理に料理を口に運んだが、全く味はしないし唾液がぴたりと止まってしまってなかなか飲みこめない。水で流しこんでようやく飲み下したほどだ。

「どうもありがとうございましたー」

妻の明るい声が店内に響く。山根よりも少し年下に見える彼女は、特に美人ではないがこざっぱりしてあか抜けていた。感じがよくていかにも接客業に向いているタイプだ。

食事にはほとんど手をつけられないまま、亜里は席を立つタイミングを見計らっていた。何とか妻と顔を合わせず山根に会計を頼みたかったが、彼は厨房に入ったり常連客の相手をしたりで忙しい。

妻がレジの前から離れた隙に席を立った。山根に視線を送ったが気づいていない様子だ。「ありがとうございました」という別の従業員の声で、レジに飛んできたのは妻の方だった。

「あの、お口に合いませんでした？」

妻は半分以上残った料理を見逃さなかったようだ。

「いいえ、何か急に食欲がなくなってしまって……」

慌てたせいか財布を落としたので拾おうと前かがみになった途端、一瞬血の気が引いてぐらっと体がよろけ床に倒れそうになってしまった。

「お客さま、だいじょうぶですか？」

妻は驚いて亜里の腕を取った。

「え、ええ。ちょっと貧血ぎみなもので……」

「少し休んでいかれたら？」

「すみません。もうだいじょうぶです」

気分が悪くなった原因はあなたなのよ、と言いたいぐらいだが、亜里は必死で平静を装った。

「タクシー、呼びましょうか？」

「いえ、すぐそこで拾えますから」

「ではお気をつけて」

心配そうに見送る妻を一度も振り返らず、亜里は店を出てずんずん歩き始めた。すっかり気が動転して自分がどこに向かっているのかもわからない。

するとすぐに山根が追いかけてきた。

「大丈夫？　タクシー拾うよ」

「ひとりで平気よ。空車はいっぱい通るし」

「きょうは、悪かったよ。急に女の子がひとり休んだものだから、あいつが手伝いに来たんだ」

あいつ、という気安い言葉も亜里の胸に刺さった。

「いいのよ。私がいきなり来たのがいけなかったんだから」

わあっと、彼の胸に飛びこんで泣きたいぐらいだった。涙をこらえるのが精一杯で、言いたいことは山ほどあるが唇が震えて言葉にならない。

「タクシー、来たよ」

彼が手を挙げたので、一台がすうっと止まった。

「ねえ、このまま私とどこかに行ってくれない？」

「え、どこに？」

「わからない。どこか二人だけで、遠くへ逃げ出したいの……」

「そんなの、無理だよ。冷静になって」

涙が一筋頬を伝って落ちたが、彼は実に落ち着いていた。まだシェフのエプロンをつけたままの姿で手ぶらだった。

「ダメなの？　私はすべてを捨てられるけど」

「頭を冷やせよ。冷静になれば、続けられるんだ。何も今、別れる必要はないんだから」

彼は亜里の肩をそっと押した。ドアが開いたタクシーに乗りこんだのは亜里ひとりだった。

「行ってください」

彼が運転手に告げるとドアはすぐさま閉まり、亜里が目的地を言う前に発進していた。ちょうど信号が青に変わったところだったのだ。

振り返ると彼は、亜里の乗った車を見送っていた。どんどん姿が小さくなってすぐに見えなくなった。

亜里は自宅近くの住所を告げると、そのまま声を出さず自分の膝に泣き崩れた。

第四章　オバサンの純愛は可笑しいですか？

トピック「信じられないかもしれないけど……」
　トピ主　ちな

今から書くこと、嘘みたいと思えるかもしれないけど、でも本当なんです。

自分からこんなこと書くのって、ちょっと恥かしいっていうか……内緒にしておこうかと思ったけど、でも白状しちゃいますね。

私と、十二歳年下の彼——知り合って一年近くになるんだけど、実は完全にプラトニックな関係なの。つまり、あの、肉体関係なし。

だから正確に言うと、私、浮気していないのかもしれないんですよね。

こんなに彼が好きで、お互いに愛し合っているのにセックスしてないなんて、とても信じられないでしょ。

えー、彼って本当はゲイじゃないのー、なんていう声が聞こえてきそう。

そう思われても仕方ないけど、でもちがいます。

なぜ私と関係を持たないかというと、それは私が付き合い始めた頃にはっきりと「セックスを要求するなら関係は終わりにする」と言ったからです。

とにかく私の頭の中には、どんなに他の男性のことを思っても体が裏切らなければ浮気したことにならない、という強い思いこみがあったから。

うちの夫はものすごく厳格な人で、私が浮気したなんて知れたら即、家から追い出されそうなんです。

以前、冗談半分で夫に訊いたことがあるんですよ。「肉体関係を持たなければ、どんなに好きな人がいても許されるの？」と。

すると、夫は少し考えて「うーん、あまり好ましくはないけど、気持ちの上でどんなに好きになろうと、それは信仰の自由みたいなものだからな。まあ、許容範囲内ではあるよ」と。

だから私はいまだに夫を裏切ってはいないんです。夫と比較にならないほど彼を愛しているっていうのに。

彼とは、お酒なんか入らなくてもいくらでも話ができるし、いっしょに出かけるのも好きだし、それはそれでとても楽しいこと。だけど「友達」というにはあまりにも親しすぎて、気持ちの上では立派に「恋人」。

でも最近、それでいいのかって、考えるようになったのです。

一年近く付き合っている恋人同士なのにキスもしていないなんて……異常かしらね。

彼の部屋にも行ってないし。

私、彼を弄《もてあそ》んでいるかな？　それとも考えすぎ？

よくわからないんです。私たちの将来も……全くわからないし。

コメント1　マヤ

ええっ、て思わず声をあげてしまいました。

プラトニックな関係というのは、ちなさんが時々書いていたから知ってはいたけど、でもまさか、まさか、キスもしていないとは……。

うーん、これってやっぱり、一般的な「不倫」の定義には当てはまらないんじゃないか、と……。

だけど、ちなさんが彼のことをとても愛していて、気持ちの上で旦那さんを裏切っているると感じるなら、それは立派に不倫なわけだし。


とはいえ客観的には、会って話をしたり食事したりするぐらいなら、浮気しているとは言えないものね。

例えばの話、探偵に浮気調査を依頼したとして、「食事しながら親しげに話をしていた」というだけでは証拠にならないでしょう。やっぱりホテルや部屋にいっしょに入るところとか、キスしている現場とか押さえないと。

そういう意味では、ちなさんの行動は旦那さんを裏切ってないですよね。

彼はやはり……我慢しているんだと思いますよ。健康な若者なら当然の欲求を、抑えているんでしょうね。でもそれだけちなさんを大切に思っているんですよ。ちなさんが嫌がることはしたくないでしょうし。

弄んでいるとか、そういうのとはちがうと思いますけど。

ごめんなさい、何のアドバイスもできなくて。

その清い関係が、とてつもなくうらやましいです。

コメント2　のぞみ

いやあ、これは崇高な恋愛ですね。

そこまでちなさんを思っている彼って、若いのに大した人！

セックスなしで一年近くも恋愛のテンションを保てるのって、すごい！

本当に二人は心底愛し合っているんだと思います。

だいたいセックスのあるなしで、浮気かどうか当てはめること自体無理があるんだけど……でも、これはやはり明らかに「不倫」でしょうね。


以前に見た外国の映画かドラマで、夫に女がいると気づいた妻が、

「それで彼女とはもう寝たの？」と質問したら、

「いや、そんなことはしていない」と夫はきっぱり言い返すんだけど、

「もっと悪いわ」と妻。

つまりこの関係は遊びじゃなくて本気だ、ということがわかったから。

セックスしても一夜限りの関係とか、体だけが目的だったというなら忘れられるかもしれないけど、「魂の愛」となるとだれも別れさせることはできないから……。

浮気しちゃいけない、と厳しく自分を律しているちなさんも偉いけど、彼も立派。

本当に相手を思いやり、関係を大切にしたいんだと思う。

二人の将来のことはあまり深刻に考えない方がいいと思います。

正直な話、結局なるようにしかならないわけだし。

無責任に聞こえたらごめんなさいね。

コメント3　アリ

私は男の人とそういう関係（ちなさんと彼みたいな）になったことが一度もないのでとても興味深く読みました。

私にとって親しい男性といったらほとんど肉体関係あるし、そうじゃない人はただの知り合い。純粋に男友達と呼べる人はいないいんです。

だから、ちなさんと彼が一体どんな話をしているのか気になります。お酒も飲まずに、おしゃべりだけで何時間でももつんですか……すごいですね。共通点がいっぱいあるのかな。

キスもしていないっていうことは、体に触れ合ったことは一度もないんですか？

ハグぐらいはしたことあるのかな？　あ、立ち入ったこと訊いてすみません……。

私としては、お二人がいつまでもプラトニックな関係を続けてほしいと思うけど、でも彼が健康な若い男性というのだから、我慢にも限界があるかもしれないですね。

そしていつか、彼が男性としてちなさんを要求してくることもあり得ます。

もしそうなったら、ちなさん、自分の心と体に正直になっていいと思うんです。

何か私が言うと、けしかけているみたいだけど（笑）。

私にできることなら、何なりと相談にのります。

コメント4　ちな

私のつまらない書き込み、きちんと読んでくださってありがとう。

可笑しいでしょ。四十にもなったオバサンがこんなことで悩むなんてね。

まるで中学生みたい……あ、今どきの中学生はもっとドライだし、いろいろなこと知ってるか（笑）。

でも実際、どうしていいかわからないんですよ。

わかっているのは、彼のことがとても好き。そして彼も私と同じ気持ちだということ、それだけ。

最初から「友達」という認識ではなかったんです、私たち。初めて二人だけで話をした時から異性を意識していました。それなのに、一年近くもたつのにまだセックスなし、だなんてね。

もしかすると私、彼から強引に求められるの、待っているのかも……なんて考えることもあるんです。

きっと私に意気地がないんでしょう。一歩踏み出す勇気が。

何だか混乱してしまって、ひとりずつにレスを返すことができません。

また何か関係に変化があったら、すぐ報告しますね。

コメント5　志織

千奈津さんの書き込み読んでいて、「これぞ大人恋だ！」って思っちゃいました。

夫がいる大人の女の恋……は本来、心に秘めた思い、なのよね。

まるで明治時代の小説、たとえば漱石の「それから」とか、そんな感じがしてきた。

昔の女性は簡単に男と寝たりしないけど、肉体の結びつきはなくても熱い思いをたぎらせていたのよ。

夫にバレたら即、離縁されるわけだから、まさに命がけの恋。

そう、昔はセックスがどうのという以前に、夫がいる身で他の男を好きになっただけで罪だったのよね。

あー、昔に生まれなくてよかった（まるで冗談みたいだけど本心）。

うーん、千奈津さんの場合はねえ、そうなる時がきたらそうなるし、ならないで終息していくってこともあり得る、かな。

もしも二人の思いが溢れて堤防が決壊してしまったら、一気に「深い仲」へと突入するでしょう。

それはそれで素晴らしい瞬間が待ちうけていると思うけど、大変なことも多いよね。千奈津さんは今度こそ本格的に夫を裏切ることになるわけだし。おしゃべりだけで会っていた時よりも、もっと頻繁に会いたくなると思うよ、たぶん。

それでも、後悔したくない生き方を選ぶのなら、このまま彼といばらの道を歩んで行く……それも人生だし、思いきって踏みとどまるのも、それはそれで勇気ある選択だと思いますよ、私は。


千奈津がウェビィにログインするのは、夫と息子が寝てしまった深夜か、仕事が休みの平日の昼間と決めている。

自分の書き込みでなくても、こんな画面をちらりとでも夫に見られたら大変なことになるので、いつでも瞬時に画面を変えられるように準備している。そもそも夫は、千奈津がＳＮＳのメンバーになっていて、書き込みしているなどということさえ知らないだろう。

もちろん他にも知らないことはたくさんある。隠す、というより面倒だから言わないことの方が多い。

八歳年上の夫は、千奈津の職場の直属の上司だったためか、結婚してからもすべて自分が主導権を握らないと気がすまないし、千奈津に対してもいつも「上から目線」でその上、口うるさい男だった。

結婚して十五年になるが、最初の頃は頼りになる夫がたのもしく思えたし、自分で決断しなくても何でも夫が決めてくれるので楽だった。しかし千奈津も次第に成長し、自分の意見を持ち物事を自分の判断で決められるようになってきて、夫の言動をうっとうしく感じることがあるようになった。

息子が成長してきて、だいぶ手は離れてきたが代わりに、教育費やその他に金がかかるようになってきたので、思いきって仕事を始めることを相談してみた。すると夫は意外にもすんなりと賛成してくれた。

「そうだな。お前もうちにばかり引きこもっていると社会性のないアホなオバサンになるからな。習い事もいいが月謝ぐらいは自分で稼いでほしいよ。どうせパートだろ。

しかしこの不況の時代にだよ、十年も職場から離れていたお前にそうそう仕事が見つかるかな。そもそも面接が通るかどうか」

「そんなたいそうな仕事に就くわけじゃないし」

「まあ、弁当屋ぐらいなら勤まるだろうな」

その偉そうな物言いに腹がたったが一切言い訳はせず、絶対に仕事を見つけてみせると決意した。

千奈津の仕事は案外すぐに決まった。二駅先のステーションビルに入っている文房具店だ。その店は書店も経営していて、読書の好きな千奈津は書店が希望だったのだが、空きがないとのことで文房具店の方に回された。それでも文房具店で働くことは千奈津にとって、洋服や食品を売るよりずっとストレスが少ないように思えたのだ。

「へえ、お前が接客ねえ。人付き合いが苦手なのに続くのか。文房具だって、お前が会社にいた頃とはだいぶ進化してるんだぞ」

そんなことは言われなくてもわかっている、と言い返したかったが黙っていた。週三日のパートと家事と育児を立派に両立してみせる、と心に誓ったのだった。

「あの、ステーショナリーの方にいる方ですよね」

声をかけてきたのは竜也《たつや》の方からだった。

ランチタイム、千奈津は同じビル内にあるカフェで昼食をとった後、本を読んでいたのだ。

「そうですけど……ああ、本屋さんの」

「このテーブル、空いてますか？　きょうは何だか混んでて、他に空いてないんです
よ」

竜也はトレイを持ったまま席を探していたのだ。彼はひとつ上の階にある書店の社
員で、たまたま千奈津が本のことで問い合わせをした時に対応してくれたのだ。

「どうぞ、どうぞ」

「すいません。お邪魔して」

「いいんです。ちょっと目が疲れてきたところだし」

本などいつでも読めるが、竜也のような若い男と話ができる機会はめったにない。

「先日はお世話になりました。おかげで助かりました」

彼は、千奈津が欲しかった文庫本を、系列の支店を何軒も調べて在庫を探してくれ

たのだ。

「ミステリー小説が好きなんですか?」

「ええ、以前はいろいろなジャンルの本を読んだんですけど、最近はミステリーばっかり。それも海外もの」

竜也は千奈津が探していた本についてもよく知っていた。書店員なので本に詳しいのは当然だが、千奈津が好きなジャンルはいわゆる売れ筋の小説とは少しちがうので話が通じるのはうれしかった。

「僕もそうですよ。ミステリーなら現代ものより古めの方が好きだな。ヴァン・ダインとかシムノンとか。トリックそのものより小説全体に味があるっていうか……」

竜也はランチのカレーをあっという間に平らげてしまい、本の話に専念した。千奈津も思いがけずおしゃべりができて楽しかった。昼休みの休憩時間が残り少なくなっていたが、できればずっと話していたいぐらいだった。

彼は細いフレームの眼鏡をかけた、いかにも本が似合いそうな雰囲気の青年だが、弁舌は爽やかで言葉の歯切れがよかった。きっとどんな客にも親切丁寧に応対しているのだろう。

「ああ、その本なら僕持ってますから、今度貸してあげますよ」

彼の気さくな物言いに千奈津は思わず笑みが浮かんだ。また会えるきっかけを作ってくれたのだ。

「うれしいわ」

「昼休みに、よくここに来てますよね。今度、持ってきます」

素直に心がときめいた。彼は以前にもこの店で千奈津の姿を見ていたのだ。午前中、仕事で失敗してへこんでいたのだが、竜也との会話は嫌なことをすべて忘れさせてくれた。

パートに行く日が楽しみになったのはそれからだ。

二人はなるべく時間を合わせて昼休みをとるようにした。駅ビル内の飲食店では同僚に見られる危険性が高いので外の店を利用したり、千奈津が弁当を作ってきて屋上で食べたりもした。

千奈津は、少しでも竜也との接点を持つため、パートを週三日から四日に増やしてもらった。だが千奈津には家庭があるので仕事帰りに寄り道することはできない。人妻はデートするチャンスも限られてしまうのだ。

しかし、竜也の仕事の休みが平日に当たった時、初めて職場と関係なく外で会った。カフェで初めて話をしてから一カ月あまりが経過していた。

千奈津の時間帯に合わせるため、朝十時にティールームで待ち合わせた。

「ごめんね。お休みの日ぐらいゆっくり寝ていたいでしょう」

「いや、僕はこう見えて朝型なんですよ」

眼鏡の奥の涼しげな目が笑った。きょうは仕事はないので、いつもよりラフにTシャツにジージャンを羽織っていた。一見は大学生にまちがえるような爽やかさで、もうすぐ四十に手が届く千奈津にはまぶしいような若さだった。

他人が見たらこの二人の関係をどう見るのだろう。千奈津はどんなに若作りしても「奥さん」と声をかけられる人種だし、キャリア志向の女性には見えない。職場の上司と部下というには無理がありすぎるし、だからといってマダム風でもない千奈津が若い恋人を連れている、という風にも思われないだろう。

あえて考えるなら、息子の家庭教師の先生を面接している母親、とでも言えば自然だろうか。しかしその割りに、二人はあまりにも楽しげだった。

竜也とおしゃべりしていると、いつもあっという間に時間が過ぎてしまう。昼前になったので一旦店を出ることにした。

「ランチタイムで混む前に、どこか食事できるところに入った方がいいわね」

千奈津は家を出る前に、インターネットで近くのレストラン情報を調べていたのだ。

いくつか候補があるので彼に訊いてみようと顔を向けたその時だった。

「僕のマンション、ここから近いんですよ。よかったら来ませんか？　本とか見せたいのがいっぱいあるし」

瞬間的に千奈津は半歩後ずさりしていた。

「それはダメ、部屋には行けないわ」

「あ、別にただ……本を見るだけだから。食事なら何か買って行けばいいわけだし」

「そういうことじゃなくて、だめなの。私はそういう立場の人間よ。行ってはいけないの」

千奈津は背の高い竜也を見上げながら諭すように言った。

「家庭の奥さんは、ひとりで独身の男の部屋に行ったらいけないんですか。だって昼間ですよ」

「昼も夜も関係ないわ。けじめっていうものを大切にしないとね。私は古いのかもしれないけど」

　かなりきっぱりと言い放ったので、竜也は納得できず少し不満そうだったがそれ以上は反論しなかった。

　竜也の部屋に行く……人妻の千奈津にとって、それだけで十分に背徳の匂いがする。当然、興味は大ありだが千奈津は自信がなかった。これ以上親密になりそうになった時、流れに逆らう自信がないのだ。竜也と関係を持つことは、絶対に許されない。

「ねえ、これから江の島に行かない？　こんなに天気がいいんだし、急に海が見たくなったわ。まだ時間、早いんだし少し遠出しましょうよ。特急に乗れば、そんなに時間かからないわ」

　気まずくなった雰囲気を取り直そうと、千奈津は弾んだ声で言った。

「江の島か、いいですね。車があればいいんだけど」

「電車でいいじゃない」

「しかし僕には……ちょっと問題が」

　竜也が急にそわそわし始めたので事情を聞いた。

　彼は各駅停車しか乗れないのだと言う。急行や特急に乗ると、パニック障害を起こし気分が悪くなって突然降りたくなることがあるのだと話した。だから新幹線にも乗れないのだという。

「そうなんだ。いつから？」

「社会人になってしばらくしてからです」

「べつに急ぐわけじゃないもの。鈍行もいいかもね。楽しそう」

「すみません。僕のせいで……」

二人は駅に入り、各駅停車の電車を待って乗りこんだ。ふたつ目の駅で、特急を待つために六分間停車するとアナウンスがあった。この調子では江の島に着くのはいつになるのか見当もつかないが、竜也と二人でいられるだけでうれしかった。

「あの、次に来る特急に、乗り換えましょう」

竜也が決心したように言った。

「いいのよ、私はぜんぜん構わないから」

「いえ、僕が困るんです。このままずっと特急に乗れないといろいろ支障があるし、千奈津さんといっしょなら大丈夫なような気がする」

「ほんとに？　無理しないでね。特急は混んでいるけど、いいのかしら」

「逆に空いている方が落ち着かなくなるんです。適度に混んでいる方が気がまぎれるし」

二人はホームに入ってきた特急に乗った。車内は少し混雑していたが体が触れ合うほどでもない。竜也が深呼吸した息が千奈津のうなじに触れた。

「途中で気分が悪くなったらすぐ言ってね。各駅停車に乗り換えるから」

「はい」

竜也の緊張が伝わってきた。特急電車に乗る……そんな普通のことに大きなストレスを感じる人もいるんだということを初めて知った。

「ひとりの時も、途中で降りてホームのベンチに座っていることとか、よくあるんです。でも最近、駅のベンチがどんどん少なくなってきて……」

「そうね、駅員さんも少ないし」

千奈津は竜也の気持ちをまぎらわせようとあれこれ話しかけた。電車の話題はやめて、最近見たＤＶＤの話や音楽のことや、できるだけ途切れないように続けた。

竜也は車窓には視線をやらず背を向けるようにして立っていたが、千奈津は電車が次々に各駅停車の駅を飛ばしスピードを上げていくのをどきどきしながら見守っていた。

千奈津の話に相づちを打ちながら、時折唇の端を噛《か》んでいた竜也を見て、千奈津は思わず彼の手を取った。彼の右手を両方の掌で包みこむようにしてぎゅっと力をこめた。大丈夫よ、私がここにいるから。きっと乗り越えられるわ……声には出さなかったがずっと竜也に向かって念じていた。

停車駅の近くになって急に速度を落としたので、車内ががくんと揺れた。よろけそうになった千奈津は反射的に竜也の右腕につかまった。すると彼はもう片方の手でしっかりと千奈津の体を支えてくれた。

「ごめんなさい……」

千奈津は、頬が真っ赤になっていくのを感じて、そのことがさらに恥かしかった。

「いいですよ。いくらでもつかまって」

ようやく笑みを浮かべる余裕ができた竜也は、途中一度も降りずに乗りきることができた。

改札を出ると、彼は立ち止まって大きく深呼吸をした。

「あー、とりあえずここまで来られた。ひとりの時に大丈夫かどうか、まだわからないけど」

「でも進歩よね。こうして徐々に慣れていけば克服できるわよ。またいつでも付き合ってあげる」

緊張続きだった千奈津もようやく電車から降りてほっとしていた。

「何か急にお腹へったな」

「私も。もうランチタイムはとっくに過ぎてる時間よ」

「どこか適当に入ろう」

竜也とは、店を決める時に特に話し合いは必要なかった。どちらかが「ここは?」と言った店を、相手もすんなり受け入れられたし、好みが合うことはよくわかっていた。逆に夫とはいちいち意見が合わず、いつも千奈津が譲ってきたので、竜也との外出は本当に気楽だった。

竜也は知らない街でも店を見つけるのが上手く、ビルの二階にあるこぢんまりしたセンスの良いイタリアンレストランに入ることができた。

食事が終わって、せっかくだから海を見に行こうと歩き始めた。どちらからともなく、二人はごく自然に手を繋いでいた。オバサンと若い男が……という恥かしさはなくなっていた。ここまで来れば知っている人に出会うこともまずないだろう。

　ゆっくりと歩みを進めながら、二人はたくさん話をした。

　竜也は大学を卒業して就職した会社で上司の強烈なパワハラに遭い、精神的に追いつめられ精神のバランスも、体調も崩してしまったという。

「典型的な体育会系の上司で、最初から僕のことが気に食わなかったみたいでね。みんなの前でボロクソにけなされるぐらいならいいけど、僕の親のことまで持ち出されて。実は母親の国籍がちがうんだけど、それを侮辱したのがいちばん許せなかった。最後は、『お前のその顔が嫌いだ、見たくもない』と倉庫みたいな別室に行かされて、九時から五時半まで毎日そこにひとり、仕事は与えられず一カ月間毎日作文を書かされていたんです。七月だったけど、窓もエアコンもない部屋で」

　千奈津は話を聞きながら涙をこらえるのに必死だった。上司のやり口に、はらわたが煮えくりかえりそうになっていた。

「そんな上司が世の中にいるなんて絶対許せない。あなた、本当によく我慢したわねえ。それじゃ、体を壊すのは当たり前よ」

「パニック障害が出始めたのはその頃からで、結局会社には行けなくなって。上司の思うツボな結果になったのは悔しかったけど、辞めざるを得なかった。四月に入って八月に退社だからたったの四カ月。でもその四カ月で、心も体もボロボロになってました」

肩で大きく息をした彼の腕に、千奈津は自分の腕を絡ませた。過去のこととはいえ、竜也が可哀想でならなかった。もしも自分の息子が会社でそんな目に遭ったと知ったら、千奈津は黙ってはいないと思った。

「それで、病院には罹《かか》ったの？」

「神経科に罹りました。でもその医者がまた問題あって……話もろくに聞かずに薬ばっかり出して」

「それはあんまり良くない先生ね」

「僕は薬にはできるだけ頼りたくなかったんですよ。中毒になりそうで怖かったし。でもちっとも良くならなくて……ある日、本当に死にたくなってきたんです。自分はこれ以上生きていても何の価値もないように思えてきて。たまたま用事があって初めて降りる駅にいたんですけど、特急が通過するホームでふらっと飛び込みたくなってきて。そうだ、もうここですべてお終《しま》いにしよう、そうしたら楽になれるって。急に決心したんです。ホームの後ろの方には柵がなくて、人も少ないから飛び込むにはちょうどいい場所でした。一台目はタイミングが合わなくて見送ったけど、二台目は、今度こそって覚悟を決めてたんです」

千奈津は思わず握っていた手に力をこめた。彼の手も少し汗ばんでいた。

「そうしたら……待っても待っても電車、来ないんですよ。予定時間過ぎているのに。どうしたんだろうって、きょろきょろしてたらアナウンスがあって、線路の信号機が故障して上りも下りも全線でストップしたって。復旧にはだいぶ時間がかかりそうだから、振り替え輸送のバスが出るっていうんです。僕、仕方ないからバスに乗って、だいぶ遠回りして帰ってきましたよ。くたくたに疲れてた。何だか、馬鹿みたいな話でしょ。死のうと思ってもそんな簡単には死ねないんですね」

千奈津は立ち止まって、はあっと大きく息をついた。ずっと緊張して話に聞き入っていたのだ。額にうっすら汗をかいてしまった。

「よかったー。信号が故障したおかげで命拾いしたのね。ああ、ほんとによかった」

「その振り替えバスがかなり混んでいたんですよ。僕、おじいさんに席を替わってあげたら、すごく喜んでくれて、何回もお礼言われて『あんたみたいな若い人がいるんだから、日本もまだ捨てたもんじゃないね』なんて大袈裟に言われて。そうか、僕がしたことでこんなに喜んでくれる人がいるんだ、生きていても何の価値もないと思っていたけど、どんな小さいことでも生き甲斐っていうのは見つかるんだなって思ったんです」

竜也は千奈津の方を見て小さく笑った。秘密を吐き出してしまってすっきりしたのか、晴れ晴れとした表情が浮かんでいた。

「生きる価値がないなんて思ったら、絶対ダメ。それに、生きているからこそ、今こうしていられるんだし」

「そうですよね。もしもあの時、死んでいたら千奈津さんに会えなかった。僕、何て愚かだったんだろう」

目が合った瞬間、二人はどちらからともなく抱き合った。感情は高ぶっていたが、千奈津は不思議と冷静だった。二人はいつの間にか人混みから離れ、海の近くまで歩いて来ていたのだ。

人の気配が全くないわけではなかったが、昼間から抱き合うことに何の抵抗もなかった。恋人同士が海を見ていて気分が盛り上がったのではなく、それは必然性のある抱擁だったのだ。

最初はぎこちなく絡んでいた彼の両腕に、一層力がこもり千奈津は息をするのも苦しくなった。こんなに強い力で抱き締められたのは生まれて初めてかもしれない。膝から力が抜けていきそうで、竜也の支えがなければ地面に崩れ落ちていただろう。いつも物腰が優しげな竜也にこんな力があったとは、若い男に漲《みなぎ》るエネルギーに今さらながら驚いた。

服の上からだったが、彼の体は千奈津が思ったほど華奢ではなかった。しっかりとした骨格と、適度に筋肉のついた胸、背中、腕。千奈津はTシャツの上から彼の胸に頬を寄せ、肌のぬくもりを感じとった。頭がくらくらするほど幸せだった。

ふいに、竜也が腕の力を緩め体を少し引いた。背の高い彼が体を屈めようとしたその瞬間、千奈津はこれから起こるであろうことを瞬時に察知して背中を引いた。

「ダメなの……これ以上は」

千奈津は竜也の目を見てはっきりと拒絶の言葉を口にした。竜也の顔には明らかに落胆の色が見えたが無言で腕を放した。

「ごめんね。私もつらいのよ」

「わかってる……」

彼に奪われるはずだった千奈津の唇は、海からの風にさらされて乾いていた。成りゆきに任せてもよかったのに、千奈津は反射的に彼の行為を拒んでしまったのだ。自分でもガードが堅すぎて嫌になることがあるが、これでもまだ夫を裏切ってはいないのだという妙な自負があった。

手を繋いだり抱擁しただけでも、千奈津にとってきょうは大きな進展だったのだ。あまり急に進めると後が怖いのだが、四十女のこんな気持ちが彼に理解できるかどうかは不明だ。

それ以降竜也は、部屋へ誘うことはしなかったし、デートしても体に触れるようなことは一切なかった。千奈津としては寂しくもあったが、彼もプライドを傷つけられるようなことはあえてしたくないのだろう。

トピック「気になって、落ち着かないんです」
トピ主　ちな

私と彼は相変わらずプラトニックな関係のままで、時間をやりくりしてデートするようにしているけど……普通のカップルと比べて、私の行動に制約が多いので会える時間がすごく少ないのです。

彼は二十八歳で独身なのだから、若くてシングルの女の子と付き合えば、夜デートしたり部屋に連れてきたり、セックスだって大いに楽しめたはずです。私と付き合ったために我慢させてとても申し訳ないと思っているんです。

実は、いまだに彼にガールフレンドがいるかどうか訊いたことがないの。

まあ、付き合っている女性が他にいるとは思えないけど、何というか……彼にもそれなりの欲求はあるはずだし、でもだからといって風俗店とかに気軽に行く人には思えないんですよ。だから、そういう意味での親しい女友達がいるのかな、と。

ここでこんなこと書くより本人に訊いてみればいいことだけど(笑)。

どういうタイミングで、どう質問したらいいのかわからなくて。ヘタしたら気分を害するだろうし。

とても微妙。でもとても気になる……。

彼って人に優しいから、案外もてるんですよ。書店の女の子たちが彼のこと話題にしていたの耳にしてどきっとしました。

どうやらその中のひとりは、デートしたことがあるみたいなこと言ってたし。

まだ付き合っているのかな。ああ、気になる……。

ここのとこ、ずっと落ち着かない千奈津です。

コメント1　アリ

つまり……ぶっちゃけ、彼にセックスフレンドはいるのか？　という問題ですよね。

うーん、肉体関係がないけど好き合っている男女間で、そういった質問ってどうなんだろう、とても微妙。

私の想像だけど、彼にはそういった相手はいないと思います。

あまり心配しなくてもいいんじゃないのかなぁ。ちなさんを安心させるために言っているんじゃありません。直感的にそう思っただけ。

男性にだってタイプがあって、心底好きな相手でないとセックスしたいという気持ちが湧かない人もいるでしょ。そういう男性は風俗店には行かないですよね。

何か世間では、男性の下半身は別人格、なんていう常識がまかり通っているけど、そんな人ばかりじゃない。

こんな私が言っても説得力ないかもしれないけど（笑）。

でも、あまり気にしすぎない方がいいと思うよ。

コメント2　マヤ

私は、ちなさんと彼は、そういった「身の下」の問題とは無関係な、崇高な恋愛をしている仲なのかと勝手に想像してたけど、やはりそうか、気になっているんですね。

でもそれは当然だと思いますよ。

本屋さんの女の子たちの間で彼のことが話題に出ていたら、余計に気になるだろうしね。その人たちは若くて独身でしょ。ちなさんよりずっと身軽で、いつでも彼と会えるわけよね。

おしゃべりを耳にしたんだけどどうなのって、何気なく訊いてみたら？　さらっと。案外、取り越し苦労かもよ。一度ぐらいデートしたって、それが続いたとは限らないし。

彼は、とても誠実な人だと想像できるから、そういった女友達と恋人を使い分けているとは思えないのよね。そんな心配は不要じゃないのかな……。

ずっと胸にためてもやもやしているより、この際はっきりさせた方がいいかもしれませんね。

コメント3　志織

うーん、思わず登場してしまった。

ちなさんの気持ちはどうなんだろう。

あの、やっぱり彼とセックスしたいんじゃないのかな、本当は。

すべての制約がクリアになれば、するでしょ？　普通に。
だれだって愛する男に抱かれたいと思うもの。それはごく自然なことだよね。
でも、ちなさんのモラルがそれを許さないのね。
夫を裏切ってはいけないっていう思いが抑制させているのよね。
彼を我慢させているって書いてあったけど、ちなさんだってこらえているでしょ。
だけど、時には欲望に忠実になってみるのもいいかも……なんて、ああ、いけない。
私がこんなこと軽はずみに言ったらいけないんだけど。
ちょっとね、だれかひとりぐらい書いてもいいかな、と。
いや、べつにけしかけているわけじゃないんですよ、決して（笑）。

コメント4　ちな

みなさん、いろいろご意見ありがとう。
自分で書き込んだ内容があまりに恥かしくて、赤面しちゃってます。

はい、思いきって白状すると、彼とセックスしたいです！

でもやはり、今の私の立場ではできません。心の声がダメだと言ってます。

だから、こらえているんですよ。

ああ、自分の欲望に忠実に……なってみたい！　でも無理ですね、私には。

まずこのオバサン体型をどうにかしないと。こんなみっともない体、彼に見られると想像しただけで顔から火が出そうだし。

それにもしそういう状況になったとしても、夫や子どものことは決して頭を離れないでしょう。そういう時だけいい妻、いい母親になってみてもしようがないのにね。

でもこればっかりは……。

だけど万が一、彼に求められたら――わからない。

そういう状況にならないよう、最大限気をつけているけど。

もう拒否できないところまできている、かも。

ちなみに主人とは最近はめったに……というかほとんど、ないんです。

もともとそんなに頻繁じゃなかったし。要求には渋々従ってますけど（恥）。

あんまり断り続けると疑われるから、ただそれだけ。

本当は嫌で嫌でしょうがないんです。彼に申し訳なくて……。いつか私と彼にも、そんな素敵な瞬間がやってくるのかなあ。今は夢みるだけですけど……。

いよいよ竜也と夜にデートできる機会がめぐってきた。夫が二泊三日で出張することになったのだ。

この時をどれほど待ったただろう。千奈津と竜也は、これまで一度も夜間に会ったことがないのだ。たまには二人で飲んでみたいと、ずっと思ってきた。

息子はもう六年生なので、夕飯の支度さえしておけば留守番ぐらいできる。何も一晩中家を空けるわけではないのだし、夜のデートといっても十時ぐらいには帰宅する予定でいた。

念のため夫には、仕事仲間と付き合いで夕飯を食べてくる、と言っておいた。家に電話をかけてきた時のために、先にこちらから言っておいた方が都合がいいのだ。そうすれば急用でもないかぎり、電話してくることもないだろうから。

竜也との貴重な時間を、無粋な電話やメールで邪魔されたくなかった。千奈津は気合いを入れて、美容室に行きこの日のために奮発して服も買った。

あまりにも年の差カップルに見られるのは嫌だが、無理して若作りするのはもっと見苦しいので普段は着ることのない、白い麻のジャケットを買った。文房具店のパート従業員でも、きちんとした服装をして踵《かかと》の高い靴を履けば、少しはキャリアっぽく見えるだろうか、などと全身が映る鏡でチェックした。

千奈津の理想は、竜也と職場の上司と部下に見えることだった。あり得ないことだが、自分たちが他人にどう見えるか、全く気にならないといったら嘘になる。

そうでなくても千奈津は結婚して以来、夫以外の独身男性と夜二人きりで会うなどということは初めてなのだ。しかし考えてみれば、浮気したことのない普通の主婦の大半はそういった経験はないだろうから、千奈津はいよいよ危険区域に入っていくことになったのだ。「男友達」という言葉がどこまで通用するのか知らないが、千奈津の心の中では竜也はとっくにその領域から逸脱している。

その日は昼間からそわそわと落ち着かなくて、息子のために用意する夕飯を作る時も上の空だったし、美容室であれこれ話しかけられても生返事しかできず、気持ちは完全に竜也とのデートに向かっていた。

千奈津はその日わざわざ休みをとり、竜也も早番にしてもらった。時間は十分にある。場所はいつもは行かない私鉄沿線の駅。小さいけど穴場的な店があるんだと竜也が言ったので任せることにした。

カフェでの待ち合わせも、千奈津はずいぶん早く着いてしまった。竜也は時間に遅れないが、それでも約束の十五分前の到着は早すぎる。しかし千奈津は早々と店に入り、もう一度トイレに入って鏡でチェックを入れ、身だしなみを整えた。

「あれ、きょうは何か……」

やって来るなり竜也は千奈津の姿にさっと目をやった。

「何？」

「いや、べつに。いつもと雰囲気、ちがうから」

「パートのオバサンぽくない？」

「いつもだって、パートのオバサンぽくないよ」

彼はそっと千奈津の肩に手を置いてから向かいの席に座った。そういったさりげない仕草も夫は決してしないので、最初のうちはいちいちが新鮮だった。こうしたごく軽いボディタッチは以前より増えたような気がする。

かしこまって聞こえる竜也の丁寧語も、最近ようやくくだけて話すようになっていた。こうしてひとつひとつのステップをクリアし近づいていく過程が楽しかった。

二人は三十分ほどその店で話してから外に出た。混み合わないうちにゆっくりいられる店に入っておきたかった。

「どんな感じのところがいいかな」

「どんなお店でも。あなたといっしょならどこだっていいわよ」

ごく自然に出た言葉だ。竜也は返事をする代わりに千奈津の手を取った。乾いてあたたかい掌だった。

竜也が案内したのはこぢんまりした和風の店だが、モダンなインテリアが冷たすぎず洒落ていた。禁煙、と張り紙があるぐらいなので、いわゆる居酒屋のような雑然とした雰囲気はなかった。騒々しくないのでじっくり話ができそうだ。

個性的な店主に、竜也はお任せコースのようなものを注文し、飲み物だけメニューをもらった。千奈津はほとんど好き嫌いがないし、つまみや料理をいちいちオーダーするのも面倒なのでお任せで異論はなかった。今夜は飲食が目的ではないので何だっていい。だれにも邪魔されず彼と二人でいることが大事なのだ。

　とりあえずビール、は省いて竜也は冷酒を注文したが、千奈津はあまり酔っぱらっても困るのでドライなシードルにしておいた。

「きょうも一日お疲れさまでした」

「何はともあれ乾杯だね」

　二人は小さく杯を挙げて乾杯した。

「あー、ようやく千奈津さんと飲める」

「ごめんね。子持ちだからなかなか付き合えなくて」

　思った以上に食べ物が美味しかったので、すぐに千奈津も冷酒に替えた。

「さあ、どんどん飲んで。けっこう強いんでしょ」

「私？　そんなことない。オバサンの酔っぱらいは始末が悪いわよ」

「めったにないチャンスなんだし」

　竜也はとてもうれしそうで、よく飲みよく食べて気持ちがいいほどだった。こんなことなら、何とか理由を作ってもっと早く夜のデートを実行していればよかった。

　一通り料理が出終わった頃、竜也の舌もいつもに増して滑らかになってきた。千奈津はタイミングを見計らって、書店員の女の子たちのことに話題を向けてみた。

「たまたま耳にしたんだけど……あなたお店の子と付き合ってたことあるんでしょ」

こういう時は案外ずばりと訊いた方が答えやすいこともある、ということを千奈津は知っていた。

「あー、前にちょっとね。もう辞めちゃった子だけど」

「もてるのね」

竜也は眉間《みけん》に軽く皺《しわ》を寄せ、目の前の蠅《はえ》でも追い払うように手を振って、そんなことないよというジェスチャーをした。

「たまたま帰りがいっしょになったから、晩飯でも食べようってことになって。その後も誘われて二、三回映画を見たりしたけど、何となくフェイドアウトだよ。僕は最初からそんなに……ピンとこなかったから、べつにどうでもいいんだけど」

さらりと言ってのけた竜也の表情は、これまで見たこともないようなクールで男っぽく、二十八歳という年齢なりに成熟したものだった。

「今は……ガールフレンドとか、いるの？」

「ああ、いることはいるよ。でもいわゆる彼女とはちがうけど。僕の心は千奈津さんのものだから、ね」

少し照れたように笑ってそれからまた酒を注《つ》いだ。焼酎に替えてからも、だいぶ飲んでいるが大丈夫だろうか。思ったよりずっと酒が強いようだ。

しかし千奈津の気持ちは乱れていた。特定の彼女はいないし、心は君のもの、と言われたことはうれしいのだが、ガールフレンドがいるというのが気になった。

そのガールフレンドとはセックスするの？

千奈津が訊きたいのはその一点だ。それがわかったからといって、どうにもならないのだが、千奈津は途端にそわそわして落ち着きがなくなってしまった。竜也に、体だけで繋がっている女性がいるとは思えなかったが、千奈津はまだ彼のことをほんの少ししか知らないような気がしてきた。

「あの、私……若い人のお付き合いって、よくわからないんだけど。ガールフレンドっていうのは、つまり……そういうことも、アリなわけ？」

「んまあ、いろいろだけど」

千奈津が必死の思いで質問したのに、竜也はさらりと交わした。思わずはあっと、彼に聞こえるほど大きなため息をついてしまった。

「たとえば、前に付き合ってた彼女と別れたけど、しばらくして何かの偶然で会ったりするよね。久々に会うと懐かしいし、付き合ってた時より距離ができるから、お互いに嫌なところは見ないですむ。で、たまに暇があったりするとどちらからともなく連絡取ったりして会う、と。成りゆきでどちらかの部屋に泊まったりっていうことはあるけど、そういう場合のガールフレンドとはセックスもありだけど」

淀みなく竜也の口から出てくる言葉に、千奈津はいちいち驚いていた。やはり彼も一人前の男なのだ。

「へえ、ずいぶん割り切ったお付き合いができるのね。大人なんだ」

「もちろん、どちらかに彼氏や彼女がいる場合は遠慮するよ。それがルールだから。いっしょに飲み食いするだけで終わり」

「驚いたわ。私はそういう付き合いはしたことない。一度別れた男とまた会うなんて、一度も経験ないわ」

「けっこういいもんだよ。初めての相手より気を遣わないですむし。少なくともアルバイトの女の子とあんまり楽しくないデートするよりずっとマシ」

竜也という男を少し見くびっていたようだ。やはり一度飲んでみないとわからないことはあるものだ。千奈津は、自分からし向けた話題がこういった展開になるとは、全く想像していなかった。

「じゃあ、今もガールフレンドと会ったりしてるの？」

「いや、今はもうあんまり会わないよ」

全く会わないわけではないらしい。

「でも、どうしてるわけ？　あの……セックスしたくなることだって、あるでしょ」

「あれ、ずいぶん立ち入ったこと訊くんだなあ」

竜也は口に持っていきかけていたグラスを思わず置いて、千奈津の方を見て笑った。

「あ、ごめんなさい。興味本位じゃないんだけど……」

「興味本位じゃなければ、何かの調査か何かかな？」

「いいの、忘れて」

「君は旦那さんとどのくらいの頻度でしてるの？　なんて僕が訊いたらどういう気持ちする？　それと同じだよ」

「ほんとにごめんなさい。あの、ちょっと失礼。トイレに……」

千奈津はいたたまれなくなってトイレに駆け込んだ。

あの穏やかな竜也を不愉快にさせてしまった。愚にもつかないことを根ほり葉ほり質問ぜめにしたせいだ。

初めての本格デートで気合いが入りすぎたのだ。完全に失敗だ。

まだまだ話し足りない気分だが、きょうはこのあたりで撤退した方がよさそうだと思った。

千奈津は化粧ポーチからメイク道具を取り出して、鼻の頭をパウダーではたいたり、口紅を塗り直したりして気持ちを落ち着かせた。

いつかまた、近いうちに夜のデートをセッティングして挽回しなければ……夫への言い訳もいくつか考えたので、たまになら夜も出かけられる。

こうやって人妻は浮気への道をひた走るようになるのかもしれない。だが千奈津はまだ走り始めてもいない気がする。

「私、そろそろ……」と言い出す前に、竜也が「出ようか」と言ってくれた。すでに十時近くになっていたのだ。ずいぶん長居したことになる。

「遅くまで引きとめちゃったかな」

「ううん、ぜんぜん。大丈夫よ」

椅子の背に掛けていたジャケットを着せてくれたり、忘れ物ない？　と訊いたり、ドアを開けて待っていてくれたり、文句のないマナーぶりだ。酔っている風には思えなかった。

二人は来た道を歩き始め、駅に向かっていた。私鉄沿線の小さな駅前商店街はほとんどの店がシャッターを下ろし、コンビニのあかりだけが煌々《こうこう》とまぶしかった。歩いているのは残業帰りの人たちと、一杯飲んできたサラリーマンばかりだった。

「楽しかったわ。やっぱり昼間会うのとはちがうわね」

「昼間も夜も、千奈津さんは変わらないよ」

「そうかしら……あの、私……」

さっきは失礼なこと言っちゃって、ごめんね……と言おうと竜也の方を見上げたその時、いきなり彼が体を屈めてきた。まるでカメラがズームするように、千奈津の視野いっぱいに彼の顔が近づいてきたのだ。

あっ、と思う間もなく唇が塞《ふさ》がれた。千奈津は肩と腕をつかまれ、身を交わすことも彼を押しのけることもできない。一瞬にして視界からすべてが消え去り、街の音も遠ざかって無音の状態になった。ただ彼の、しっとりと温かい唇の感触だけが鮮烈に残った。

膝の力が抜けて今にも崩れ落ちそうだったが、竜也にしっかりと腰を抱えられてかろうじて立っていられた。おそるおそる目を開けると、せつない表情の竜也が千奈津を覗きこんでいた。再び聴覚が戻ってきて、車の走る音や遠くの踏切の音も聞こえてきた。

「千奈津さん、僕……」

「ダメなの。もう、ダメ、ダメよ。さよなら」

何か言いかけた竜也にくるりと背を向けた千奈津は、そのまま駅まで駆け出した。ホームでやっと立ち止まり、振り返ったが竜也は追ってはこなかった。すぐに来た電車に乗ったが、千奈津の下車駅まで胸の動悸は治まらず、家までの道のりも地上十センチぐらいの場所を歩いている感じがしてならなかった。

恋、が愛に変わる瞬間を、千奈津はついに体験してしまったのだった。

第五章　腐れ縁でもだれもいないよりマシだから

トピック「そろそろどうですか？」
トピ主　志織

「マダムBの部屋」のみなさま、管理人の志織です。
えーと、招集かけようかと思います。
久しぶりにオフ会やりましょう！
こぢんまりと、しかし濃――い内容で（笑）。
みんな話したいこと、たまっていますよね。それぞれ、進展あった？
変化があった人もない人も参加してくださいね。
ぜひ、五人全員集まりたいので日程を調整します。
来月あたりで、都合の悪い日があったらメールで知らせてくださいね。
実は、私自身にも最近ちょっとした変化があって……。

本来は「卒業生」としてこのコミュニティの管理人しているわけだけど、何だかまた「在校生」に戻りそうな気配が。

とはいえ、新しい出会いがあったわけでもなく、そんなにときめいてはいないけど。

まあ、その話は会った時にでもゆっくり。

みんな語りたいからいつも時間が足りないよね。早く一泊旅行とかに出られるようになるといいんだけど。

でもそうなったらもう「現役」引退している頃かなあ、なんて。

とりあえず予定しておいてくださいね。

コメント1　マヤ

オフ会、賛成！　ぜひ話したかったの。

だけど志織さん、どうしたんですか⁉　何があったの？

とっても知りた――い。

今、だれかと付き合っているんでしょ？

でも「新しい出会いがあったわけでもなく」って書いてあるから、その相手は元の旦那さんか元カレ？

そのどちらかと復活したのかな。

「マダムＢの部屋」の在校生としてカムバック……ということは不倫なんだ。

そうか、志織さんにも変化があったみたいですね。

お話聞くの、楽しみにしています。

もちろん、他の人たちのその後も知りたいし……。

コメント2　のぞみ
ええっ、志織さんが復帰ですって？
それはもう、ぜひ会って話さないと。
卒業生からまた現役に戻るってどんな感じだろう。

お相手がだれなのかも気になるし。きっと話は尽きないでしょうね。
でも、いつも聞き役&進行役だった志織さんのお話が聞けるのがうれしい。
だって私たちの姉貴的な存在なんだもの。
やっぱり経験者の発言は「深いな」って、いつも感じてました。
私は子どももいないし身軽だから、みんなに予定合わせます。
ほんと、早く一泊で温泉とか行けるようになりたいですね。
時間を気にせず思いっきりおしゃべりしたい！

コメント3　アリ

もちろん参加します。お話ししたいです、とっても。
まだつらい恋が続いているので、あんまり明るく振る舞えないかも……。
私、前にみんなと会った時と比べて、変わっているかもしれないけど、驚かないでね。
ちょっとやつれたみたい……。

彼と会う時はきれいにして出かけるけど、その他の時は、もうお洒落なんかどうでもよくて。旦那にも、だらしがないぞって注意される始末。

この私が、信じられないでしょ。

何かもう、彼とのことで頭がいっぱいで、他のことが考えられなくて。

でも、みんなとはすごく会いたいです。

もともと女友達は少ないし、特に彼のことを話せるの、「マダムB」の人たちしかいないから。

志織さん、よろしくお願いします。私は暇なので、いつでもいいですよ。

コメント4　ちな

志織さん、オフ会開いてくれるんですね、ありがとう。

とても会いたいです。

だけど、何かちょっと、恥かしいな。

超プライベートなことなのに、ずいぶんあからさまにいろいろ書いちゃって、今では後悔しているぐらいです。

みんなの深刻さに比べたら、私の悩みなんか取るに足りない、と思われるかもしれないど……最近は仕事中もしょっちゅう上の空なんですよ。

いつか旦那にバレないかとひやひやしています。

志織さんにも何か変化があったんですね。ぜひ聞きたい。

考えてみると、志織さんのことよく知らないような気がします。

いつも私たちの話を聞く立場でいてくれて、自分のことは後回しだったでしょ。

本当にもう、「マダムB」があったから、私はずいぶん救われてきました。

今度は私たちが聞き役にならせてください。

みんなに会える日を楽しみに待ってます。


思わせぶりなことを書いてしまったかな、と志織は少し後悔していた。

オフ会で顔を合わせてからにした方がよかったのか。けれどもそれでは結局、皆の話を聞くことに終始しそうな予感がしたのだ。

今回は自分の話をだれかに聞いてもらいたい。

二十五歳で結婚し、二人の息子を出産。三十五歳で妻子ある男と不倫、そして五年後に離婚。恋人も離婚したが、結局その後彼とも離別してしまった。

約二十年の間にそれらを経験した。世間では、一度の結婚が死ぬまで存続するカップルが大半だというのに、何と落ち着かない人生だろう。子どもたちを巻き添えにして、可哀想だったと反省することもしばしばだ。

そして今、こともあろうにその子たちの父親である男と再び付き合っているのだ。離婚して五年たつが、元夫は早々と再婚しているので立派な不倫。彼と結婚していた時は、志織が他の男と浮気してしまったのだが今度は立場が逆だ。志織は密かに「逆不倫」と呼んでいる。

自分では特に不倫体質とは思っていなかったが、恋人を妻から奪い、そして元夫の再婚相手も裏切っているわけだからかなりの性悪なのかもしれない。もう忘れかけていたが、結婚前にもアルバイト先の上司と不倫したことがあったのだ。

志織はもともと漫画家志望で、学生時代からせっせと描いては新人賞に応募したり、出版社に持ち込みしたりしていた。だが一向に芽が出ず、漫画家のアシスタントやアルバイトで生計をたてていた。

ある時、漫画雑誌の編集者から、絵は上手くないがストーリーは面白いということで、漫画の原作を書くことを勧められた。たまたま組んだ女性漫画家との作品がヒットし、仕事が続いてくるようになった。

OLや主婦層が読者の漫画なので、初めはリサーチのためにウェビィに参加するようになったのだが、不倫コミュニティ「大人恋」を立ち上げたのは純粋に個人的関心からだった。仕事のためとは名ばかりで、興味本位だったにもかかわらずコミュニティの反響は大きく、メンバーたちの赤裸々な告白が毎日のように書きこまれていった。「不倫」という語句に拒否反応を示す人がいるかもしれないと思い、あえてその言葉を使わなかったのがかえって功を奏したのかもしれない。

結局、志織は離婚してシングルになったが管理人としてとどまった。しかしあまりに規模が広がったので、特に仲のいいメンバー五人だけで一年前に「マダムBの部屋」を作ったのだ。

夫のいる女たちがこんなにも恋していているとは正直、想像もしていなかった。映画や小説など、ある種フィクションの世界の現象と思いこんでいたのだが、それは間違いだった。妻たちは夫の知らない「女」としての姿を持っているのだ。

志織の夫は、志織が漫画の持ち込みをしていた時の編集者で、志織に原作を書くことを勧めたのも彼だ。仕事上ではずいぶん相談にのってもらったし、他社の仕事まで紹介してもらい、おかげで仕事が途切れて困ることはなかった。

夫は決してもてるタイプではないが、ひょうひょうとしていつも気分が安定しているので、頼りにされたり相談を持ちかけられることは多いようだ。いわゆる女性が安心して近づける男性だ。

志織と結婚していた十五年の間に、何回か他の女性の影を見ることはあったが、確実な証拠はなかったし長くは続いていないようだったので、大きな問題に発展することはなかった。その点では、夫は志織よりずっと器用に立ち回っていたのだ。ひとたび好きになると、どうしても隠せず色に出てしまう志織とはちがう。もっとも彼の場合は、軽い浮気程度だったようだが。

三村良和《みむらよしかず》という男が志織の前に現れるまで、志織は浮気や不倫とは全く縁のない生活を送っていた。二人の息子の子育てと仕事と家事で、一日が何十時間あっても足りないような慌ただしい毎日で、気持ちが男性に向くことはなかったし、自分が女であることさえ忘れていたのだ。

三村との出会いは下の子の幼稚園だ。ともに四歳の子を持つ母親と父親として、毎朝のように顔を合わせるうちに言葉を交わすようになった。三村の妻は出張の多い仕事なので自由業の彼が幼稚園の送り迎えを担当していたのだ。三村はCMソングなどを手がける作曲家で、自宅で仕事をしていた。

志織と三村は、幼稚園に子どもを送った帰り、ベーカリーのイートインコーナーでいっしょに朝食を摂ったのが始まりだった。たちまち意気投合した二人が深い仲になるのは、さほど時間を要さなかった。志織は何年間も忘れていた「女」をようやく取り戻した気がした。疲れるばかりの生活の中、ほんの数分でも女を意識するだけで途端に日常が輝いて見えた。

しかしお互い配偶者がいて、幼子も抱えている身なので夜のデートなどはあまりできなかった。平日の午前中からラブホテルに入って、デイタイムサービスをめいっぱい利用する、などということもあった。自由業の二人は仕事を放り出して真っ昼間からホテルで不倫行為に励む……埋め合わせのため、夜中に仕事をするので当時はいつも睡眠不足だった。

子どもが卒園し、三村の子とは別の小学校になったのをきっかけに、二人は話し合ってしばらく会わないことにした。このまま不倫を続けてもいずれ関係がバレるだろうし、お互いリスクを冒してまで交際を続ける気はなかったのだ。欲望は理性で抑えられるものだと信じていた。

しかし頭では別れることに納得しても、志織の気持ちはなかなか切り替えられなかった。毎日が空虚で仕事にも身が入らず、家事も育児も投げやりだった。

おまけに夫婦仲は最悪で、あまりにも仲が悪くてケンカにもならない、という日々が続いた。夫も夫で、愛人がいるのか一週間も家に帰らないことがあったが、志織には特に騒ぎたてる気力もなかった。生活費だけ入れてもらって、実情は母子家庭と同じと思った方がアテにもせず割り切れた。

結局、一年もたたずにまた三村とヨリが戻ってしまい、不倫関係が続行することになった。けれども以前とちがうのは、二人にはもう覚悟ができていたことだ。三村は家庭を捨てて志織といっしょになる決心がついていたし、志織も夫に離婚話を持ちかける時期を窺《うかが》っていた。ふたつの家族が離婚成立に至るまで、さらに一年半を要した。

「本当にいいんだな。ここに判子を押せばすべてなくなってしまうんだぞ」

夫の直之《なおゆき》は、離婚のためのうすっぺらな用紙を前に、ため息をつきながら言った。

「とっくに形はなくなっていたでしょ、私たちの結婚」

「君にはずいぶん迷惑かけたから、俺が管理職にでもなって仕事が一段落した頃にはいっしょに旅行したり休みの日に出かけたり、いろいろ楽しもうと思っていたんだけど。家族サービスも足りなかったかな」

「今ごろそんなこと言っても遅いわよ。特別なことなんかしてほしいとは思わないけど、せめて子どもが夜中にひきつけ起こして救急車で運ばれた時ぐらいそばにいてよね。携帯も繋がらないし、どこにいるのか見当もつかない。それでも父親なの？　そんなこと一度や二度じゃなかったわよね」

「それを言われると、何とも申し開きできないよ」

どこかの女のところにシケこんでいたに決まっている。心細くて不安でならなかった志織は、三村に連絡していっしょに病院へ付き添ってもらったのだ。夜中だったのに、彼は妻に嘘をついて出てきてくれた。担当した医師は、三村を父親と思って説明していた。この子の実の父親は今ごろ愛人と楽しんでいるのだと思うと、情けなくてたまらなく涙が出てきた。

三村の方も、妻に離婚を切り出してから判を押してもらうまで少し時間がかかったが、案外スムーズに成立した方だ。彼の妻はうすうす夫の浮気には勘づいていたそうだ。やはり女の、というか妻の勘はあなどれないものだと思った。

こうして出会いから五年たって、志織と三村は晴れて独身に戻った。もう二人の関係を邪魔するものは何もない、と思うとうれしすぎて祝杯のシャンパンを一杯空けないうちに酔っぱらってしまった。

子どもは、志織は息子二人を連れて、三村はひとり娘を妻の元へ置いてきた。だが子煩悩の彼は、最低でも月に一度は娘に会えるように妻に頼みこんでいた。志織の子どもたちも、ただでさえ父親との別れで傷ついているのだからと、すぐに三村と同居せず徐々に慣らしていくつもりだった。息子たちは九歳と十二歳になっていた。

ところが計画は思うように運ばなかった。離婚から半年もたたないうちに、九歳になる三村の娘が入院したのだ。難病指定されている珍しい病気で、当面命には別状ないものの完治するのは難しい病だった。

三村は娘のため、ほとんど仕事も休止して病院探し、医師探しに奔走し、診察や検査は毎回のように付き添った。志織と会っていても心ここにあらずといった様子で、息子たちに会わせても、その元気な姿を見てため息ばかりついている有様だった。

娘の容態が落ち着くまではそっとしておいてあげよう。お互い離婚した今、焦って同居したり結婚する必要はないのだから……と志織は寛容な気持ちでいた。娘のことで三村が元妻と会ったり、以前住んでいた自宅に頻繁に行くのもやむを得ないことと許してきた。

しかし、用事があって久しぶりに三村がひとりで暮らすマンションを訪れてみて驚いた。ふた部屋のうちひとつは、引っ越してきた時のまま開封されていない段ボールが山積みで詰まっていた。日用品もほんの僅か並べられている程度で、生活している様子はほとんど感じられなかった。

「どうしたの、また引っ越すつもり？」

「あ、いや……そんなことないよ」

突然訪れた志織に驚いた様子で三村は少々慌てていた。

「ふうん、そういうことか。あなた自宅に行っていることが多いんでしょ」

志織は生活臭のない殺風景な部屋を見回しながら言った。三村が志織をこの部屋に呼びたがらないわけがわかった気がした。彼の生活の拠点はまだ元妻と娘のいる家なのだ。

「ああ、娘のことが心配だし、付いていてやりたいしね。病院もあっちの家の方が近いから、単に便宜的なことだよ」

「もう退院したんでしょ。じゃあ、親子三人で前と同じように暮らしているわけね」

「あの子を悲しませたくないんだ。難しい病気だし、とにかく少しでも早く良くなってほしいんだよ。それがそんなに酷いことかな。親なら当たり前じゃないか。僕はそんな無責任な男じゃないんだよ」

三村は娘のことになるとすぐムキになるのだ。

「お嬢さんのことはよくわかるわよ。でも、だったら何のために離婚したの？」

「それは君が……そうしてほしいと望んだから。君のことだって大事だよ」

「私が望んだから？　私が？　あなた自身はどうだったのよ」

志織は思わず高い声を出してしまった。

「僕は……君が喜ぶなら……」

「お嬢さんの病気がもっと早く発覚していたら、離婚はしなかったのね」

「ああ、少なくともこのタイミングで離婚することはなかったよ。夫婦だけの問題だけじゃすまないからね」

「よくわかったわ」

志織は深呼吸を一回して冷静になるように努めた。ここで言い合いをしてもお互い感情的になるだけで、建設的なことは何もない。とにかく彼は、娘の病気がどうにかなるまで落ち着いてひとり暮らしも始めないだろう。待つしかない……そう自分に言い聞かせた。

ところがさらなる問題が持ち上がった。長男が中学生になった途端、ひどい反抗期に入り志織の手に負えないほどの態度を取るようになった。離婚の影響かとあまり叱らずにいたが、どんどんエスカレートしていった。

学習や品行には特別問題はなかったが、志織に反抗的で手がつけられないこともあった。特に三村のことを毛嫌いし、家に来ると部屋から出てこなかったり彼の目の前で露骨に不快な顔をしたりした。次男はそこまで酷くはないが、いつも遠慮していてなかなか懐きそうもなかった。三村は何とか彼らとうまくやっていこうと心をくだいてくれたが、努力の大半は裏目に出た。

志織と三村の再婚話は完全に暗礁に乗り上げてしまった。もっと熟考してから離婚すべきだったかとも思ったが、直之との空虚な結婚生活にこれ以上は堪えられなかったのだ。しかし息子二人と父親は、一年に数回だが三人で映画を見たりスポーツ観戦したり、食事に行ったりと会えば楽しくやっている様子だった。

三村との別離が決定的になったのは、娘の体のために転地療養すると言い始めた時だった。田舎にいる彼の親が所有する家が空いているとのことで、彼の両親も病気の孫のために経済面も含めて全面的に協力する様子だった。何と離婚した事実も両親はまだ知らないのだという。

志織はシングルマザーとして生きていく決意を固めた。いつまでも三村を待ってはいられないし、客観的に考えても彼が妻と子の元に戻るのが最良の選択に思える。志織と三村との再婚には無理がありすぎるし犠牲も多い。

時期的なこともあったのかもしれないが、三村と別れると息子たち二人はうって変わって志織に協力的になってくれた。家事も進んで手伝ってくれるし、長男はできるだけ費用がかからないよう国公立の大学に進学するつもりだと言い、勉強にも熱が入っていた。

　直之は養育費は滞ることなくきちんと支払っていたし、息子たちと会う時間もできるだけ作るようにしていた。父親としての役目を果たしきれなかった負い目を感じているようだ。離婚しても彼らの父親には変わりないので、子どもについての相談や頼みごとがある時はメールなどで連絡を取っていた。しかし志織が直之と直接顔を合わせることはなかった。


　二カ月ほど前、離婚以来初めて四人で食事をすることになった。長男が大学進学のことで直之に相談したいことがあると言い、志織も今後の経済面の援助について彼と話し合う必要があったからだ。メールでも用が済まないことはなかったが、たまには会うのもいいかな、と思った。三村との件が落ち着いて精神的にも少し余裕が出てきたのだ。

　離婚して五年が過ぎていた。離婚に際しての夫婦のごたごたや修羅場からは、まだ完全に立ち直ったとは言いがたいが、ひとりで生きていくことを決めてから気分的にはずいぶんすっきりしていた。

ホテル内のレストランで食事した後、息子たちを先に帰した。中学生と高校生になった二人は、もうかつてのようには母親の手を必要としない。ずいぶん楽になったが同時に少し寂しくもある。どこへ行くにも小さな手を引いて歩いていた頃が懐かしかった。

志織は、二人の前ではできない話を直之とするため残ってバーに向かった。ホテルの地下にあるバーは落ち着いていてじっくり話をするには好環境だった。二人はカウンターではなくゆったりしたシートの席を選んで座った。

直之は、志織に聞きもしないでシャンパンをふたつオーダーしてしまった。

「何で？　お祝いでもないのに」

「いいじゃないか。飲みたかったんだよ」

「そういうところ、ちっとも変わってないわね。私はちがうものにしようと思ったのに、勝手に決めるんだもの」

「君はマルガリータだろ」

「まあね」

「後で頼めばいいよ」

元夫には志織の好みはすっかり知られているのだ。

五年ぶりに会うので、志織は少しでも老けて見られないよう服を吟味し、前日に美容室に行ってヘアカラーして髪も整えた。下の息子に「何かきょう、気合い入ってんね」とからかわれたが無視して、めったに履かないヒールのパンプスもクローゼットの奥から取り出したのだった。

長時間歩き回ったわけでもないのに、慣れていないせいかパンプスのつま先が痛んだ。テーブルの下で脱いで素足になったらどんなに楽だろうと思ったが、いっしょにいるのが元夫とはいえ、そんな行儀の悪いことはできない。直之は以前、パンプスのかかとだけ脱いで足を組み、靴をぶらぶらさせている女を見て、非常に嫌悪していたことがあった。会った途端に昔のいろいろな場面が思い浮かんできた。

運ばれてきたシャンパンを見て、志織は思わず声をあげてしまった。優雅なフォルムのシャンパングラスの柄と台の部分には、小さなガラスのスワロフスキーが埋めこまれていたのだ。ガラス粒がまるでダイヤのようにきらきらと光り、シャンパンの気泡までもが輝きを増していた。照明の真下に置かれたその黄金色の飲み物に、志織はしばし見とれていた。

ていても。

「あらまあ、何てきれいなの……」

「これを見せたかったんだよ」

直之は時としてこういった演出をして見せる。気障《きざ》だと軽蔑する前に、たいていの女は心を奪われ彼の思うツボにはまるのだ。それが口説くためのテクニックとわかっていても。

二人は形式だけ乾杯をしてからひとくち飲んだ。直之は「再会を祝して」と言ったが、志織には祝う気持ちはなかった。

「美味しい。ほんとに素敵なグラスね。万華鏡みたいにきらきら光ってる。でもこの手を使ったのって、私で何人目？」

志織はもう、直之と知り合った頃の二十三歳ではない。この美しい飲み物を目の前にしても冷静でいられるぐらい、いっぱしの艱難《かんなん》辛苦は味わったつもりだ。

「いやあ、そんな何人だなんて」

「いちいち覚えていないか」

「君、誤解してるみたいだけど、俺はそんな片っ端から口説いたりはしないよ」

「じゃあ訊くけど、私と結婚している間に、何人ぐらい付き合った？」

「え、それは……」

「今さら隠したって仕方ないでしょ」

「ん、五人ぐらい……かな」

　志織は呆れた顔で直之を見上げた。志織が確信していたのは三人なので、それ以外にもまだ二人いたわけだ。

「中には、ほんの短い間で終わったケースもあったし」

「十五年の間に五人の愛人か。すごいわね」

「最後の一、二年は俺たちほとんど破綻してたよな。家に帰らないこともあったし、悪いことしたって反省してるよ。家事も育児も君ひとりに押しつけて」

「私だって逃げ出したいことはしょっちゅうだったわよ。でもあなたがそんなだから、私がしっかりしなくちゃって、いつも気が張ってた」

「すいません」

直之は意外にも素直に謝る方だ。心からの反省かどうかは別として、すんなりと自分の非は認めるのだ。だから心底憎むことができない。

「今はどうなの？　若い奥さん、泣かせたらダメよ」

「ああ、大丈夫だよ」

彼はすでに再婚していた。二年前、息子たちが彼といっしょに食事して、その時に聞いてきたのだ。写真も見せてもらったという。元夫の再婚話を、息子たちの方が先に知ったからといって、別段驚くほどのこともないだろうが、志織はひどく嫌悪し息子たちの父親を彼らの前でボロクソになじったのを覚えている。全くどこまでもシャクに障る男だ、やることなすこと不快にさせる、と。

志織は三村との結婚がうまくいかなかったので、十三歳も年下の女とすんなり再婚した直之に腹をたてていたのだ。しかし、直之のような男が年とってひとりでいるより、家庭を持った方が周りも安心だ。志織はもう二度と結婚はご免だが。

「君の方はどうなの、例の彼氏と……」

「聞いてないの？　もうとっくに別れたわよ」

「知らないよ。あいつらにそんなこと聞けるか？　お母さん、彼氏とは順調かな、なんて」

志織はざっと経緯を話した。直之は時に相づちを打ったり、ため息をついたりしながら熱心に聞いてくれた。志織は元夫からの同情や哀れみはまっぴらだが、話を聞いてくれる分には歓迎だ。昔から彼はとても聞き上手なのだ。

「でもたまには会ったりしているんだろ」

「奥さんの実家の方に引っ越したのが一年ぐらい前で、それからは一度も。メールもめったにしないわ」

「へえ、そうなんだ。あっさりしてるな」

「別れたんだもの、きっぱりと。たぶん、あっちは復縁するんじゃないのかな。だって離婚している意味ないし、それが娘さんのためよ」

「そうだよな。父親っていうのは娘に弱いから」

娘もいないのにわかったようなことを……と思ったが黙っておいた。

「彼の娘の病気がなかったとしても、私たちの再婚はなかったと思う。子どもを連れての結婚は本当に難しいわね。私、考えが甘かった。今になって、いろいろなことがわかるわ」

「俺と離婚しなければよかった、とか？」

「いいえ、それは正しかった。それだけははっきり言えるの。一パーセントも後悔してない」

志織は力をこめて強調した。無理しているのではなく本心からだ。

「言いきるね」

「あなたとは、こうやっておしゃべりしている分には楽しいけど、夫婦になるとダメ。あなたは浮気性だし、私はあなたに頼りすぎたし期待しすぎた」

「そのへんをもっと分析してみる？」

「いい。もう終わったことだもの、今さら分析して何になるの。もっと楽しい話をしましょう」

高価なシャンパンは一杯だけにして、あとはマルガリータに替えた。

直之と二人、差し向かいで飲むことなど一体何年ぶりだろう。恋人の頃のような気分には到底戻れないが、離婚前のようなとげとげしさはなく、楽な気持ちで何でも話せた。夫婦の頃に、なぜこうならなかったのか、志織の努力が足りなかったのかもしれないと少し反省した。

志織はマルガリータを何杯飲んだのか覚えていなかった。

気づいた時は全裸でベッドに寝ていて隣に直之が眠っていた。慌てて飛び起きたが、頭ががんがんしておまけに気持ちが悪く、再びばたっと横になってしまった。

デジタル時計は五時を示していた。飲み始めたのは九時過ぎだったが、いつこの部屋に来たのかもわからない。たぶん、志織が酔ってしまったので直之がホテルの部屋を取ったのだろう。

「ん、起きた？」

直之は寝ぼけた顔をこちらに向けた。

「やだ、私、ぜんぜん覚えてないんだけど。何か恥かしいことしたかしら？」

志織は顔を半分シーツで隠しながらおそるおそる訊いた。

「君、けっこうペースが速くて、さっさと酔っぱらってさ。ヒールの足が痛いから靴を脱ぎたいとか、スカートのウエストがきつくて苦しいとか何とか言い出して。じゃあ、部屋取ろうかってことになって来たんだよ。言っとくけど、服は自分から脱いだんだからね」

「足が痛いって言ったとこまでは覚えてる。じゃあ、裸で寝ていただけ？」

本当に、嘘のように記憶が抜け落ちているのだ。

「はあ？　自分から裸になった女をただ寝かせておくなんて、俺はそんな無粋な男じゃないよ。君、ほんっとに覚えてないんだ」

「全く、何にも」

「それは残念。君、すごかったよ。結婚していた頃の君とは別人だった。いやあ、ほんとにね、すごかったね」

「ええー、何ですって？」

直之は志織の方に向き直り、目尻にたくさん皺を寄せて思いだし笑いしながら言った。

「例の恋人と、よっぽど充実したセックスライフだったんだろうね。俺が知ってる君とは別人だったもんな。結婚している間にも、あんな濃い性生活があれば離婚になんかならなかったよ、きっと」

「いやだ、何てことなの」

志織は思わずシーツを頭からすっぽりかぶってしまった。

「残念だな、何にも覚えていないなんて。もう一回復習してもいいんだけどな」

直之は足を伸ばして志織に絡ませてきた。

「何を言ってるの、私、もう行かなくちゃ」

「こんな時間に？」

「母親が朝帰りだなんて、絶対バレたらダメよ。あの子たちが起きる前に帰らなくちゃ」

「きょうは日曜だよ。あいつら、まだぐうぐう寝てるって。六時や七時に起きるわけがないだろ」

「ダメダメダメ。きょうに限って早く起き出してるってこと、あるかもしれないし」

志織はそこいらに脱ぎ捨ててあった服やら下着を急いでかき集め、ベッドに隠れるようにして身につけ始めた。

「いっしょにいたのが俺なんだから、恥かしがることないだろ。例の彼氏よりいいんじゃないのかな、あいつらにとっても」

「冗談でしょ。あなた、奥さんいるじゃないの」

自分で言いながらハッとした。そうだ、これはれっきとした不倫なのだ。

夫のいる身で浮気していたのに、今度は自分が独身で妻のいる男と関係している。

その相手がこともあろうに元夫とは。

「なんだ、もう一発してから、ゆっくり風呂に入っていっしょに朝飯でもと思ったのにな」

「寝ぼけたこと言わないで」

志織は、はずした覚えもない腕時計や指輪、ネックレスを素早く身につけ始めた。

「ほんとに帰っちゃうんだー」

「あなたもさっさと自分の家に帰りなさい。奥さんの待つ家に」

「奥さんと娘のいる家だよ」

「娘？　娘って、連れ子がいるの？」

「いや、俺の子だよ」

「ええっ、いつ生まれたの？」

勢いよく振り返ったはずみで、プチダイヤのペンダントを落としてしまった。

「今、生後六カ月でやっとおすわりができるようになった」

「やだ、ぜんぜん知らなかった」

「わざわざ知らせることもないと思って」

「いいわね、男の人はお腹も膨らまないから、黙って父親になれるから」

ネックレスの小さな留め金がなかなかはめられなくて苛立《いらだ》っていると、直之がすっと後ろに来て手伝ってくれた。

「あの子たちは、このこと知ってるの？」

「まだ知らないよ。腹ちがいの妹だな。今度会った時に写真でも見せるか」

「余計なことしないでっ！　んもう、あなたからは呆れることばっかり聞かされる」

志織は直之に枕を投げつけると、振り返りもせずに部屋を出た。

ホテルのエレベーターを降り、エントランスを出てタクシーに乗りこむまで、志織は怒りのあまり髪の毛が逆立ちそうだった。

志織は、図らずも元夫と関係してしまったことで混乱しているというのに、子どもがいる事実まで聞かされてパニックになりそうだった。よりによって、こういったアクシデントのあった朝、しかも帰り際に言い出すような話題だろうか。再婚のことを息子から聞いた時にも驚いたが、今度はそれ以上だ。

直之に娘がいる。志織との間にはいない娘が。

次男の誕生からすでに十四年がたっていた。直之は四十八歳にして、初めての女の子を授かったのだ。志織が熱望した女の赤ん坊……すでに二人の男の子がいた志織は、三人目に賭けるにはリスクも負担も大きすぎたので諦めたのだ。

ピンク色のベビードレス、お洒落で可愛らしい子供服、ままごとセット、七五三の晴れ着、お雛さま、赤いランドセル、チェックのスカートにブレザーの制服……これらはすべて志織が母親として買うことがなかったものだ。

もちろん志織は二人の息子を愛している。かけがえのない存在であり、生きている証といってもいい。彼らのためなら命を捨ててもいいぐらいだ。

だからただの、無い物ねだりなのかもしれない。志織はもう永遠に女の子の母親にはなれない。それなのに直之ときたら、ちゃっかり第三子の父親になった。男は若い妻《めと》を娶れば七十になっても子どもを作れるのだ。

許せない、と思った。いくら酔っていたとはいえ、正体をなくした元妻と当たり前のようにセックスするというのも理解できない。しかしそれは、志織にも落ち度はある。大ありだ。記憶がなくなるほど飲んだということは、すっかり気を許していたのだ。この恥かしい事態を、息子たちに知られたらどうしよう。

志織は細心の注意を払ってマンションのドアを開けた。部屋の中はしんとして、二人とも寝入っているようだ。深夜まで起きていたのかもしれない。とにかく、志織は夜のうちに帰宅したことにしなければならない。シャワーも浴びずに、とりあえずべッドにもぐりこむと、泥のように眠ってしまった。

恥かしい体験として忘れ去りたいはずなのに、志織はまた一カ月もたたないうちに直之と会った。そして今度は泥酔もしていないのに、彼と寝てしまった。

妻と生後六カ月の娘がいる元夫と、本格的な不倫が始まってしまった。そうなることは最も恐れていたはずなのだが、やっぱりという思いもある。

三村と別れて志織は寂しかった。このどうしようもない空虚感を、男以外の何かで埋めようと必死にもがいていたが、そこにたまたま出くわしたのが直之だった。

久しぶりに会った元夫はあまり変わっていなくて、仲が悪くなる前のように自然に会話できたし、楽しかった。思えば、三村と出会って恋をして、変わったのは志織の方なのだ。直之は、その欠点も含めて結婚当初からほとんど変わっていない。

志織は怖いのだ。新たな男と一から始めることが。

そこへいくと元夫とはお互いよく知り合っているし、緊張感がない代わりに気楽さはある。夫婦の時はすっかりマンネリになっていたセックスも、しばらくぶりだと妙に新鮮だ。

不倫は気がすすまないが、とりあえず別の相手が見つかるまでたまに直之と会うぐらいいいか、という浅い考えからの行動だった。彼の妻には申し訳ないので、発覚したらすぐやめるつもりだし、彼を必要以上には拘束しない。もともと息子を含めて会うことは承知しているだろうから、それが二人だけになっても……とまさに自分勝手な言い訳を見つけては会っていた。

一度破局しているせいか、いつでも終わりにできる覚悟はある。この関係はもう、一旦終わってしまった後の、番外編というかエピローグのようなものだ。新たなページが開かれることはないはず、と踏んでいた。

たとえ腐れ縁の元夫であっても、男のいる生活というのは悪くない。志織はまだ四十五歳。息子たちはどんどん成長しているし、もう一度女として生きてみたくなったのだ。

志織は何年ぶりかで、香水を買い求めてみた。

トピ主　志織

トピック「きのうはどうもありがとう」

きのうは久しぶりにみんなの顔が見られてとっても楽しかった。

やっぱり会って話すと盛り上がるね。もっと頻繁に会いたいけど、みんな忙しいから一年に二回ぐらいがせいぜいかな。

私の恥かしい話を洗いざらい聞かせることになってしまって、大汗かきました。

全く、いい年して何やっているんだろうって感じですが、思いっきり笑ってやってください。

元夫ぐらいしか相手にしてくれない哀れな中年です、なんて（笑）。

みんな、それぞれの「進展ぶり」もよくわかったし。

失敗した例として、私を見て参考にしてくださいね（苦笑）。

不倫というデリケートな関係を維持するには、とにかく焦らず思いつめず。

そして時には、きっぱりと終わりにする勇気も必要です。

あとやっぱり……この関係によってだれかを不幸にしているかもしれない、と常に念頭に置いておくことも大事ですね。

わかっちゃいるけどなかなかできない、でしょ？　私も同じだもの。

一度きりの人生です。悔いのないように、ね……。

コメント1　のぞみ

志織さん、そしてみんな。

とても有意義な時間でした。あっという間の半日でしたね。

合宿でもしないかぎり、話が尽きることなんてなさそうですね。

いろいろお話しできてよかった。

私たちの関係はずるずると相変わらず続いている、と会った時には話したけど……本当は別れが近いんじゃないかとうすうす感じているんです。

彼も私も、明らかにテンション下がっている気がするし、かつてのような新鮮さがなくなりマンネリ。

もしも京都旅行が実現していたら、盛り上がるきっかけができてまた変わったのかもしれないけど、それもこれも私たちの運命だと思います。

父が私の不倫に歯止めをかけたのかな、なんて今では思っているぐらい。

旦那も最近は休みの日に家にいることが多くて、女と別れたのかな、なんてちょっぴり期待しているんですけど。

もしかしたら、夫婦再生のチャンス？　などと思ってみたり。でもその度に旦那には失望させられているんだけど。でも離婚しないんですよね（笑）。

彼の方も子どもがいるし恐妻家だから、離婚は絶対にあり得ない。

今、ちょっと彼と付き合う目標を見失っている気がしています。最初からなかったのかもしれないし、単に旦那の浮気への腹いせ？　とも考えてみたり。自己分析もできていません。

私と彼、このマンネリ期を越えたらまた新たな展開があるかもしれないけど……。

まあ、先のことはわからないですね。

今度会う時は、すべて清算していたりして……なんてない、か（笑）。

まだ当分、「マダムBの部屋」の住人です。

コメント2　マヤ

私も、本当に楽しかった。

のぞみさんが書いていたように、合宿したーい。大人恋をしている妻たちの、不倫合宿！　すごそう。

おいしいもの食べて、スパに行って、お酒も飲んで、いっぱいおしゃべりしたい。

いつか、そんな機会があることを夢みています。

私と彼はね……何かもう腐れ縁というか、体だけで繋がっている感じです。

恥かしいからきのうは、あんまりあからさまには言わなかったけど。

でも、嫌いだったら体で繋がるのも嫌だろうから、やっぱり好きなんだろうなあ。

すべてを捨ててこの男に賭けてみようという気はないけど。

男の人が浮気する気持ち、少しわかりました。家庭にいる伴侶は、パートナーであっても異性という感じではないし。

私はまだ女として外で通用するかどうか、試してみたかったのかも。

まさか高校の同級生が不倫相手になるなんて、夢にも思わなかった。

もしもあの時、父が伝言を忘れずにデートが実現していても、大学に入ったら離ればなれになったのだし、続かなかったと思う。そうしたら同窓会で再会しても、ときめくことはなかったかもしれない。

そう考えると、ロマンスってどこに転がっているかわからないなって。

そして、私みたいなどこといって魅力もないような人妻が、恋に落ちる可能性もあるわけ。

まだまだ人生これから……と前向きに考えてます。

今後も「大人恋」「マダムBの部屋」ともどもよろしくお願いします。

コメント3　アリ

みんなに会えて、本当によかった。

最近の私はけっこう不安定だから、この時期に会うのはどうかと考えたけど、やっぱり思いきって出かけてよかったと思ってます。

みんなの顔を見ただけで、「ああ、私のことわかってくれる人たちなんだ」って、安心できたし。

想像できると思うけど、私には女友達が少ないし、相談できる親とかきょうだいもいないしね。「マダムB」の人たちだけが、何でも話せる相手なんです。

ネット相手に悩みを告白って、悲しすぎると思っていたこともあるけど、実際に会ってみんなと話していると、もう何年も前からの知り合いみたい。

スペイン料理店の彼とは、結局まだ別れられないでいます。

彼も以前より慎重になっているけど、奥さんには知られていないようなので続いていきます。でも従業員に知られるのはまずいので、私はお店に行かないようにしているけど。

時々無性に会いたくなる時があって、でも会えないと思うと……もう、ヤケを起こして以前のように、だれでもいいから抱かれたい！　と、ふらふら街へ出かけて行ったこともあるけど……前のように馬鹿なことはできなかった。

それがどんなにむなしいことか、今ではよくわかるから。

私も多少は成長したのかな。

私は彼のことを心から愛しているので、自分から別れることはできません。でも、彼は離婚しないいし、私も実は彼との結婚を望んでいるわけではないの（奥さんに嫉妬はするけど）。

結婚生活そのものに希望も期待もない私は、恋愛の最終地点が結婚とは全く思わないのです。テンションの高い恋愛関係がずっと続けばいいだけなんだけど、それって最も難しいことじゃないですか？

永遠に続けることはたぶん無理だろうけど、少しでも長く彼と付き合っていたい。

いつかそのうちに破綻がくるだろうけど、先のことは考えませんね。明日かもしれないし。

幸いまだ彼の口から「別れよう」という言葉は出てきません。

また、逐一書き込みしますね。

コメント4　ちな

みんなに会うの、楽しみだけどちょっと怖くて、恥かしかった。

でもやっぱり、会えてよかった！

お話ししたように、私のもたもたずぐずぐした恋愛は相変わらずです。

こんな私に付き合ってくれる若い彼って、本当に辛抱強いと思いませんか？

何しろ付き合い始めてもう一年以上たつのに、まだ一度キスしただけなんですよ。

あの後も、夜のデートは二度したけれど、お酒を飲んで十時過ぎに別れただけ。彼は隙あればキスしようとするけど、私が巧みに交わすので。

おやすみのキスはされたけど、それ以上はしていません。まるで高校生ですね。

ああ、今時の高校生の方がずっと進んでいるか。

やっていることはローティーン並みでも、私は立派に大人恋だと思ってます。

簡単にセックスしないのは、私が既婚者だということもあるけど、大好きな彼のためでもあるから。

ひとたび深い仲になってしまえば、若い彼はどうしたって性急になるでしょう。会うペースを早めたいと思うのは当然、でも私はままならない身。彼を苦しめたくないんです。このままもどかしい思いを胸に抱き続けている方が、お互いまだましかもしれないと思っています。

特に私は、体の繋がりができてしまったら、どこまでも突っ走りそうで怖い。

そんな勇気はとてもありません。私は母親でもあるんだし。

夫は、私の夫であるのと同時に息子の父親でもあるので、ないがしろにはできないんです。好きとか嫌いとは別問題。

当分、私と彼が結ばれるのは妄想の中だけです。せいぜいイマジネーションの世界で、この大人の恋を楽しみます。不倫、という言葉は使いたくありません。

私たちの気持ちは純粋です。

生まれ変わったらいっしょになりたいわ……と思わず口に出しそうになってやめました。じゃあ、この世ではいっしょになれないのかと、彼が悲しい目をして言うような気がしたから。

つらいです。でも別れるのはもっと嫌。

現実的には夢も希望もない私たちだけど、今を精一杯愛し合いたいと思っています。

応援よろしくお願いします。

　志織は四人のコメントを読み終わり、ほっと安堵の息をついた。今回のオフ会は志織自身のために開いたようなものだが、みんなも楽しんでくれて、さらに何かしらの役にたててよかったと思った。

「大人恋」のコミュに戻ってみると、きょうもまた新たな書き込みがいくつか増えていた。一歳の子を抱える二十代の若妻が、パート先の上司と関係し妊娠してしまった。彼の子か夫の子かわからずに悩んでいたが、バレなければ夫の子として育てるので絶対に産むつもりだという決意の表れが書かれていた。

　この書き込みに対しては、すでにいくつかのレスがあったが手厳しい意見がほとんどだった。「夫を裏切るだけでなく、生まれてくる子も欺くのか」「大人恋の最低限のルールとして確実な避妊を」。それに対して「愛する人の子を身ごもりたいという女性の本能も理解できる」という意見もあった。

「産むだけなら動物だってできる。愛する人の子を泣く泣く諦め中絶した」という三十代女性の感情的な意見も出てきた。何やら掲示板が荒れてきそうな気配なので、志織は頃合を見計らって出て行くつもりだった。

また志織よりも年上、五十代をとうに過ぎているだろうと思われる主婦から、趣味のサークルで出会った年上の男性と半年前から付き合い密かな愛を育んでいるといった書き込みも。

今度初めて泊まりがけの旅行に出かけることになったのだが、処女で臨んだ三十数年前の新婚旅行より遥かに期待しているし、心が震えるほど興奮している、と胸の内を打ち明けてくれた。避妊に気をとられることなく性を謳歌できる幸せも語っていた。

この書き込みについては、志織はすぐにレスをしようとキーボードに向かった。

とてもうらやましく思います。女は、死ぬまで女なのですね……。

旅行から帰っていらしたら、感想をぜひ書き込んでください。お待ちしています。

キーボードから手を離し、志織はひとり微笑んだ。

この作品は書き下ろしです。原稿枚数320枚（400字詰め）。

大人恋《おとなこい》　恋《こい》におちた妻《つま》たち

真野朋子《まのともこ》

平成22年4月10日　初版発行

発行人——石原正康
編集人——永島賞二
発行所——株式会社幻冬舎
〒151-0051東京都渋谷区千駄ヶ谷4-9-7
電話　03(5411)6222(営業)
　　　03(5411)6211(編集)
　　振替00120-8-767643
印刷・製本—中央精版印刷株式会社
装丁者——高橋雅之

幻冬舎文庫

ISBN978-4-344-41467-9　C0193　ま-1-16